POSITIVE
थिंकिंग

POSITIVE
थिंकिंग

(अपार खुशियों और असीम सफलताओं के 10 गोल्डन नियम)

नेपोलियन हिल

एवं

माइकल जे. रिट

प्र

प्रभात
प्रकाशन

प्रकाशक
प्रभात प्रकाशन प्रा. लि.
4/19 आसफ अली रोड, नई दिल्ली-110002
फोन : 011-23289777 • हेल्पलाइन नं. : 7827007777
इ-मेल : prabhatbooks@gmail.com ❖ वेब ठिकाना : www.prabhatbooks.com

संस्करण
2025

अनुवाद
नजमुसशहर

पेपरबैक मूल्य
तीन सौ रुपए

मुद्रक
आर-टेक ऑफसेट प्रिंटर्स, दिल्ली

POSITIVE THINKING
by Napoleon Hill & Michael J. Ritt

Published by **PRABHAT PRAKASHAN PVT. LTD.**
4/19 Asaf Ali Road, New Delhi-110002

ISBN 978-93-5266-057-5

₹ 300.00 (PB)

आभार

सर आइजक न्यूटन ने ब्रिटिश वैज्ञानिक रॉबर्ट हुके को लिखे अपने एक पत्र में कहा था, "यदि मैंने (हुके और डेस्कॉर्ट्स) आगे के संसार की कल्पना की है तो उन महानुभावों के कंधों पर चढ़कर ही यह हुआ है।" इसलिए मेरे लिए भी यह ऐसा ही है। यदि मैं कल्पना करके आपको उन सिद्धांतों और व्यवहारों के बारे में बताऊँ, जो आपका जीवन बदल सकते हैं, तो यह इसलिए है कि मेरा अपना जीवन भी उन महानुभावों द्वारा बदल दिया गया है, जिन्होंने अपने कंधों पर चढ़कर मुझे इस संसार को देखने की अनुमति दी है।

सबसे पहले तो मैं मनोवैज्ञानिक और दार्शनिक विलियम जेम्स, एम.डी. का उदाहरण देता हूँ। यद्यपि मैं इस व्यक्ति को नहीं जानता हूँ। यह वही व्यक्ति है, जिसने पॉजिटिव मेंटल एटीट्यूड (पी.एम.ए.) को एक मजबूत सैद्धांतिक आधार प्रदान किया। दूसरा उदाहरण नेपोलियन हिल का देता हूँ। सफलता के रहस्य की खोज करनेवाला वह अद्‌भुत खोजकर्ता, जिसने सबसे पहले पी.एम.ए. के सिद्धांतों को परिभाषित किया और अपनी खोज को स्वयं सहायता पुस्तकों में बताया। मैं नेपोलियन हिल को जानता हूँ और मैंने बीस बहुमूल्य वर्षों तक उनके साथ काम किया है। तीसरे व्यक्ति डब्ल्यू. क्लेमेंट स्टोन हैं, जिनके प्रति मैं अपना आभार व्यक्त करता हूँ, जिन्होंने स्वयं भी सफलतापूर्वक जिस चीज का अभ्यास किया और दूसरों को भी वही सिखाने के लिए अनथक प्रयास किया, पॉजिटिव मेंटल एटीट्यूड की अद्‌भुत शक्ति।

—मिशेल जे. रिट

पुस्तक परिचय

इस छोटी सी पुस्तक की सहायता से आप अपना जीवन बदल सकते हैं। इसमें आपकी सफलता के सूत्र है : पी.एम.ए.—पॉजिटिव मेंटल एटीट्यूड (सकारात्मक मानसिक भाव)। जब आप इस पुस्तक में सरल और स्पष्ट रूप से रेखांकित सिद्ध सिद्धांतों का अनुपालन करेंगे तो आप भी पी.एम.ए प्राप्त कर सकते हैं और अपने सपनों को साकार कर सकते हैं।

वायदा की गई भूमि पर एक नजर

'बाइबिल' में हमें यह बताया गया है कि मोसाका के अपने जीवन के अंत में पहुँचने से ठीक पहले ईश्वर ने उन्हें नेबो पर्वत के शिखर की ओर बढ़ने को कहा और उस महान् नेता को वह भूमि दिखाई, जो इजरायलियों की होनेवाली थी। अपने जीवन का प्रभार सँभालने की इस यात्रा को शुरू करने से पहले आपको भी इस बात की अंतर्दृष्टि होनी चाहिए कि आप कहाँ जा रहे हैं। आप जीवन के पुराने ढर्रे का अंत करने वाले हैं और शीघ्र ही एक नई शुरुआत होने वाली है। अब शुरू करते हैं। आप पुराने, ऊर्जा का क्षय करनेवाले और संसार को देखने के नकारात्मक तरीकों का अंत करने वाले हैं और उसके स्थान पर प्रबल रूप से ऊर्जा से भरपूर जीवन को लाएँगे, जिसकी उत्पत्ति

पॉजिटिव मेंटल एटीट्यूड से होती है। आशा के इस चित्र को अपने साथ रखिए—यह आशा का पी.एम.ए. आपके लिए क्या कुछ कर सकता है, आज से ही इसकी कल्पना करते हैं

- आपको यह पता चलेगा कि आपके भीतर एक ईश्वर-प्रदत्त शक्ति है।
- आपका अपनी भावनाओं पर नियंत्रण होगा, ताकि आप उनकी रचनात्मक शक्ति को हमेशा अपनी भलाई की ओर मोड़ सकें।
- विगत के अनुभवों के प्रति अपनी अनुभवी प्रतिक्रिया से उत्पन्न नकारात्मक भावों को आप अपने भीतर से निकाल देंगे।
- आप अपने भीतर के भय पर नियंत्रण प्राप्त कर लेंगे। आपको यह पता चलता है कि यदि आप उन्हें अपने मस्तिष्क पर हावी होने देते हैं तो उसका आपकी रचनात्मक शक्ति पर विनाशकारी प्रभाव पड़ता है।
- आपके मस्तिष्क में आपके साथ घटित होनेवाली सिर्फ अच्छी घटनाओं के चित्र ही उभरेंगे, ताकि इस रचनात्मक शक्ति की अभिव्यक्ति एक अच्छे और सकारात्मक ढाँचे के भीतर ही हो।
- आप अपनी विगत की विफलताओं और दु:खों पर सोचना छोड़ देंगे और उन्हें अपने जीवन में दोबारा होने से भी रोकेंगे।
- आप अपनी प्रबलतम भावनाओं और इच्छाओं को उन चीजों की ओर प्रेरित करेंगे, जो सचमुच में आप जीवन में चाहते हैं।
- आप कभी भी जानबूझकर पी.एम.ए. की रचनात्मक शक्ति का प्रयोग स्वार्थपूर्ण और गलत उद्देश्यों के लिए नहीं करेंगे, क्योंकि आपको मालूम है कि इसके दुरुपयोग के कारण आप और आपकी बहुमूल्य चीजें बरबाद हो जाएँगी।

इन फायदों को हासिल करना (मनुष्य होने के नाते यह आपका जन्मसिद्ध अधिकार है) आज से आपके जीवन का लक्ष्य है। कोई भी आपको यह हासिल करने से नहीं रोक सकता और इसका संसाधन है इन्हें हासिल करने के प्रति आपका संकल्प।

अनुक्रम

पी.एम.ए. आपके लिए क्या करेगा?

एक सकारात्मक मानसिक भाव (पॉजिटिव मेंटल एटीट्यूड) के कारण आपके भीतर आशा बनती है और निराशाओं व हतोत्साह से उबरने में मदद मिलती है। पी.एम.ए. के विकास और उसे बनाए रखने के कारण आपकी मानसिक दशा अन्य लोगों के प्रति आपकी प्रतिक्रियाओं और कार्यों के चुनाव में लगातार पूर्ण, स्वस्थ और उत्पादक बनी रहती है, जो आपको उस ओर प्रेरित करती है, जो उपयोगी चीजें आप अपने जीवन में हासिल करना चाहते हैं। इसमें तनिक भी आश्चर्य नहीं कि पी.एम.ए. को 'मैं कर सकता हूँ, मैं करूँगा' का मंत्र कहा जाता है।

जब आपके पास पी.एम.ए होता है तो आप अपने आपसे खुश रहते हैं और दूसरों के साथ भी। आपके भीतर वह आंतरिक भाव, वह आंतरिक प्रकाश, वह आंतरिक मनोदशा होती है, जो आपको आत्म-सम्मान और उपयोगी भावनाएँ देती है। आपकी ओर सकारात्मक भाव और परिस्थितियाँ आकर्षित होती हैं और नकारात्मक आपसे दूर हो जाती है।

पी.एम.ए. का प्रभाव स्वचालित होता है, लेकिन इसको हासिल करना स्वचालित नहीं होता है। पी.एम.ए. के विकास के लिए एक निरंतर प्रक्रिया की जरूरत होती है। यह कोई ऐसी चीज नहीं है, जिसे आप अपनी सुविधानुसार प्रयोग कर सकते हैं। यह आपके जीवन के ढर्रे का

एक आवश्यक अंग है। पी.एम.ए. आपकी आदत बन जानी चाहिए, आप में इतना अंतर्निहित कि आप हमेशा यह दिखाएँ। पी.एम.ए. के लगातार प्रयोग के कारण आप बिना सजग विचार के भी इसका अभ्यास कर सकते हैं, ठीक उसी तरह, जिस तरह से आप अपनी कमीज का कोई बटन लगाते हैं या अपने जूते का फीता बाँधते हैं। इसे इतना ही स्वाभाविक होना चाहिए और हो भी सकता है, जितना कि साँस लेना; जैसा कि अपर न्यूयॉर्क स्टेट के एक सड़क चिह्न में एक बार बताया गया, 'अपने रास्ते का चुनाव ध्यान से कीजिए। अगले दस मील तक आपको उसी पर चलना होगा।'

□

सफलता की तरह
कोई भी सफल नहीं होता

आप किनके साथ अपना समय बिताना चाहेंगे?

- व्यक्ति, जो कि निराशावादी, शंकालु और उदास रहता है और हमेशा इस बात के प्रति आश्वस्त रहता है कि आकाश में प्रकट होनेवाला एक मात्र बादल तूफान ही लाएगा।
- वह व्यक्ति, जो कि आशावादी है और आत्म-विश्वास व उल्लास से पूर्ण रहता है और हमेशा किसी भी समस्या का सामना करने, समाधान ढूँढ़ने फायदों में उत्तरोत्तर वृद्धि करने में समर्थ रहता है।

आपको पता चल जाएगा कि पी.एम.ए. के कारण आप दूसरे लोगों के साथ मित्रता करने और उनका सहयोग प्राप्त करने में बाधाओं पर विजय प्राप्त करने और समस्याओं को अवसरों में परिवर्तित करने में समर्थ होते हैं।

हम सभी अपनी आदतों के गुलाम हैं। आपकी आदतें और उनका प्रभाव या तो सकारात्मक हैं या नकारात्मक, यह आपकी रुचियों पर निर्भर करता है। आप अपने मस्तिष्क पर नकारात्मक विचारों को हावी न होने देने का फैसला कर सकते हैं। आप नकारात्मक विचारों और भावों को, वे जब भी उत्पन्न हों, के स्थान पर सकारात्मक भाव और विचार उत्पन्न कर सकते हैं। सकारात्मक आदतें आपके मस्तिष्क को

अधिक सजग रहने, आपकी कल्पनाओं को अधिक सक्रिय रखने, आपके उत्साह को बढ़ाने और इच्छा शक्ति को मजबूत करने में स्वाभाविक रूप से प्रभावित करती हैं।

पी.एम.ए. अपने फायदों को अपनी ओर उसी तरह से आकर्षित करता है, जिस तरह चुंबक लोहे को। पी.एम.ए. व्यक्ति, सफलता और संपत्ति को आपकी ओर आकर्षित करता है। एक आशावादी दृष्टिकोण को रोका नहीं जा सकता है। पी.एम.ए. शंकाओं और निराशाओं से आपकी रक्षा करता है। जब आपके जीवन में विपत्ति आती है—और यह हम सभी के जीवन में आती है, यह निराशाओं से आपको बचाता है और परिस्थिति के सामने पराजित होने से आपको रोकता है। वास्तव में पी.एम.ए. आपको किसी भी परिस्थिति को स्पष्ट रूप से देखने में समर्थ बनाता है, ताकि आप उनसे सीख लेकर और उस ज्ञान का प्रयोग करते हुए विपत्ति को संभावित सफलता में बदल सकें।

> ***पी.एम.ए. अपने फायदों को अपनी ओर उसी तरह से आकर्षित करता है, जिस तरह चुंबक लोहे को। पी.एम.ए. व्यक्ति, सफलता और संपत्ति को आपकी ओर आकर्षित करता है। एक आशावादी दृष्टिकोण को रोका नहीं जा सकता है। पी.एम.ए. शंकाओं और निराशाओं से आपकी रक्षा करता है।***

पी.एम.ए. आपसे आनेवाले उद्दीपन के प्रति सही मानसिक प्रतिक्रिया है। पी.एम.ए. पर आपका नियंत्रण होने के कारण आप सही ढंग से सोचते हैं, सही ढंग से कार्य करते हैं और प्रत्येक व्यक्ति या स्थिति को सही सँभालते हैं। आपका मस्तिष्क और आपका जीवन आपका है, जिसे आप जैसा ठीक समझें, प्रयोग कर सकते हैं।

पी.एम.ए. आपको सकारात्मक रूप से सोचना और कार्य करना

है। आप अपनी इच्छाओं और अपेक्षाओं को सच में बदलने के लिए पी.एम.ए. का प्रयोग कर सकते हैं। आपके पास जो कुछ भी है, जब आप उसका श्रेष्ठ प्रयोग करना सीख जाते हैं तो अवसरों को काबू में करना सीख जाते हैं, जबकि दूसरों को वही समस्याएँ लगती हैं। आप महान् ब्रिटिश प्रधानमंत्री बेंजामिन डिजरायली के इस दर्शन का अभ्यास कर सकते हैं, हम परिस्थितियों के दास नहीं हैं। हम परिस्थितियों को बनानेवाले हैं।

अपने आपको पी.एम.ए. के साथ श्रम करने के लिए प्रशिक्षित करने का एक तरीका यह है कि किसी आत्म-प्रेरक का चुनाव कीजिए, कोई शब्द या वाक्यांश, जो आपके लिए अर्थपूर्ण हो और जो आपको आपके पी.एम.ए. और वह लक्ष्य, जो पाने के लिए आप प्रयासरत हैं, के प्रति आपके संकल्प की याद दिलाता है। बार-बार इसे अपनी स्मृति में दोहराने के कारण, विशेष रूप से ऐसी स्थिति में जब आप स्वयं को पाते हैं, जहाँ पी.एम.ए. की विशेष रूप से जरूरत होती है तो आप सबसे उपयुक्त संभव तरीके से कार्य करने के अपने संकल्प को मजबूत करते हैं।

अपने आपको पी.एम.ए. के साथ श्रम करने के लिए प्रशिक्षित करने का एक तरीका यह है कि किसी आत्म-प्रेरक का चुनाव कीजिए, कोई शब्द या वाक्यांश, जो आपके लिए अर्थपूर्ण हो और जो आपको आपके पी.एम.ए. और वह लक्ष्य, जो पाने के लिए आप प्रयासरत हैं, के प्रति आपके संकल्प की याद दिलाता है।

□

आत्म-प्रेरक का चुनाव

आपको एक ऐसे आत्म–प्रेरक की जरूरत है, जो पी.एम.ए. के प्रमुख पक्षों को आपके जीवन में लागू करता है। यदि आपको लगता है कि आपका कोई विशेष मनोभाव है, जिस पर आप नियंत्रण करना चाहते हैं तो आप अपने स्व–प्रेरक को इसका समाधान करने के लिए अभ्यस्त कर सकते हैं।

एक ऐसा आत्म–प्रेरक चुनिए, जो आपके महानतम विचारों को प्रतिबिंबित करता हो। इससे आपको हमेशा यह याद रहेगा और प्रेरणा मिलेगी कि उनके अनुरूप काम करना है। आपका लक्ष्य एक ऐसा व्यक्ति बनना है, जो उन सिद्धांतों के अनुरूप काम करे एक ऐसे व्यक्ति का निर्माण करना, जो अपनी कथनी और करनी में एक समान हो।

कुछ सुझाव :

दूसरों के साथ ऐसा व्यवहार कीजिए, जैसा आप दूसरों से अपने साथ करने की अपेक्षा करते हैं।

मैं स्वस्थ महसूस करता हूँ, मैं खुश महसूस करता हूँ, मैं श्रेष्ठ महसूस करता हूँ।

यह अभी कीजिए।

जिसकी मैं कल्पना कर सकता हूँ, जिसपर मैं विश्वास कर सकता हूँ, उसें मैं हासिल भी कर सकता हूँ।

हर समस्या में उसके समाधान के बीज भी निहित होते हैं।

कैसे, यदि नहीं।

विजय इंचों में मिलती है, मीलों में नहीं।

मैं कर सकता हूँ, मैं करूँगा।

पूरे दिन अपने आत्म-प्रेरक को कई बार जोर-जोर से दोहराइए। सोने से पहले उसे पचास बार पूरे मनोयोग से बोलिए। उसे ऐसी जगह लिखकर रखिए, जहाँ आप उसे देख सकते हैं—बाथरूम में शीशे के ऊपर, अपनी गाड़ी के डैशबोर्ड पर, अपने टेबल पर रखे कैलेंडर पर, फ्रिज के दरवाजे पर, अपने बटुए में। जितना ज्यादा आप इसे दोहराते हैं, उतना ही ज्यादा यह उसमें अभिव्यक्त मूल्य आपकी आदत बन जाते हैं।

□

वे व्यक्ति, जिन्होंने पी.एम.ए. को विकसित किया

पी.एम.ए. की धारणा के विकास और उसे परिष्कृत करने में अनेक लोगों ने योगदान किया है। हार्वर्ड मेडिकल स्कूल के स्नातक विलियम जेम्स (1842-1910), जो विश्वविद्यालय में ही रहते थे और मानव शरीर विज्ञान, फिजियोलॉजी, मनोविज्ञान एवं दर्शन पढ़ाते थे और एक विचार-प्रणाली विकसित करने में मदद की, जिसे 'प्रैगमैटिज्म' कहा जाता है। प्रैगमैटिज्म के विचारों के अनुसार परिणाम का ही महत्त्व है। विचार कार्यों के दिशा-निर्देशक हैं। यदि किसी विचार की परिणति व्यावहारिक कार्यों के रूप में नही होती है तो यह उपयोगी नहीं है। जेम्स ने लिखा, ''जीवन से भयभीत न हों। इस बात पर विश्वास करें कि जीवन जीने योग्य है—और आपका विश्वास उस तथ्य का निर्माण करेगा।''

जेम्स के समय के लोग उनके सिद्धांतों का सम्मान करते थे। उनके अनेक अनुयायी थे। वे आश्वस्त थे कि जीवन आशावाद और निराशावाद के बीच एक संघर्ष है। जेम्स ने उग्रता के साथ नकारात्मक विचारों का विरोध किया, ''इससे लोगों में असफलता और शंका की भावना भर जाती है।'' उन्होंने कहा। जेम्स के अनुसार—यह संसार संभावनाओं से भरा है। लोग स्वयं में व्यापक रूप से सुधार कर सकते हैं, यदि वे

अपनी आँखें खोलें और अपने भीतर की मस्तिष्क की क्षमता को ढूँढ़ें। जेम्स का यह मानना था कि हम सभी इस बात का निर्णय लेते हैं कि हमारा भविष्य कैसा होगा और यह कि, 'हम वही बन जाते हैं, जो कि अधिकांश समय हम सोचते हैं।' हमारी पीढ़ी में सबसे बड़ी क्रांति मनुष्य की यह खोज है कि अपने मस्तिष्क के आंतरिक भावों को बदलकर हम अपने जीवन के बाहरी पक्षों को भी बदल सकते हैं।

नेपोलियन हिल एक अन्य व्यक्ति थे, जिन्होंने पी.एम.ए. की धारणा को आगे बढ़ाया। हिल ने अति सफल व्यक्तियों के साथ साक्षात्कार को अपने जीवन का कार्य बना लिया और अपने अध्ययन से उन्होंने सत्रह सिद्धांत निकाले, जिसे उन्होंने व्यक्तिगत सफलता के प्रथम सिद्धांत में पिरोया। हिल ने इन सिद्धांतों को अपनी विभिन्न पुस्तकों में व्यावहारिक दृष्टि से सूचीबद्ध किया, जिसमें उनकी एक पुस्तक 'द लॉ ऑफ सक्सेस : थिंक एंड ग्रो रिच' भी शामिल है। इसके अलावा अनेक स्वयं सहायता पुस्तकें भी हैं। हिल ने हमेशा यह पाया कि जिन लोगों पर उन्होंने अध्ययन किया, उन सबने सकारात्मक मानसिक भाव को साझा किया। एंड्रयू कारनेगी में एक सनक थी। उनका यह मानना था कि जीवन में ऐसी कोई भी चीज, जिसे आप हासिल करना चाहते हैं, उसके लिए काम करना चाहिए। मेरा मानना है कि जीवन में ऐसी कोई भी चीज, जिसे आप हासिल करना चाहते हैं, जिसके लिए काम करना चाहते हैं, उसका मूल्य अदा किया जाना चाहिए।

नेपोलियन हिल एक अन्य व्यक्ति थे, जिन्होंने पी.एम.ए. की धारणा को आगे बढ़ाया। हिल ने अति सफल व्यक्तियों के साथ साक्षात्कार को अपने जीवन का कार्य बना लिया और अपने अध्ययन से उन्होंने सत्रह सिद्धांत निकाले, जिसे उन्होंने व्यक्तिगत सफलता के प्रथम सिद्धांत में पिरोया।

ओलंपिक रजत पदक विजेता विले व्हाइट का भी यही मानना है। वह शिकागो के रॉबर्ट टेलर होम्स गर्ल्स एथलेटिक प्रोग्राम की प्रेरणा स्रोत हैं। इस प्रोग्राम द्वारा शिकागो के दक्षिणी ओर स्थित सार्वजनिक हाउसिंग कॉम्पलेक्स में रहनेवाली ढाई हजार लड़कियों को एथलेटिक्स के माध्यम से अपने आत्म-सम्मान को बढ़ाने का तरीका बताया जाता है। जब लड़कियाँ व्हाइट से यह पूछती हैं कि किस प्रकार वे सार्वजनिक हाउसिंग में जीवन के नियंत्रण से बाहर आ सकती हैं, तो वह उन्हें बताती हैं, "कई तरीके हैं। अभी मेरा आप लोगों से प्रश्न है—आप अपने सपनों के लिए क्या कीमत अदा करने की इच्छुक हैं? बिना योजना के कोई भी सपना एक इच्छा मात्र है।" (उनका आत्म-प्रेरक : इस पर विश्वास कीजिए, इसे हासिल कीजिए।)

डब्ल्यू-क्लेमेंट स्टोन वह व्यक्ति, जिसके साथ मैंने पचास वर्षों तक काम किया, एक महत्त्वपूर्ण समकालीन लेखक और एक ऐसा व्यक्ति, जिसने अकूत संपत्ति इकट्ठा की और उन संपत्तियों का इन सिद्धांतों पर स्वामित्व हासिल करके और उनका प्रयोग करके साझेदारी की। नेपोलियन हिल के साथ 'सक्सेस थ्रू पॉजिटिव मेंटल एटीट्यूड' का सह लेखन करते हुए एक गंभीर खोज की।

डब्ल्यू-क्लेमेंट स्टोन वह व्यक्ति, जिसके साथ मैंने पचास वर्षों तक काम किया, एक महत्त्वपूर्ण समकालीन लेखक और एक ऐसा व्यक्ति, जिसने अकूत संपत्ति इकट्ठा की और उन संपत्तियों का इन सिद्धांतों पर स्वामित्व हासिल करके और उनका प्रयोग करके साझेदारी की। नेपोलियन हिल के साथ 'सक्सेस थ्रू पॉजिटिव मेंटल एटीट्यूड' का सह लेखन करते हुए एक गंभीर खोज की। इस खोज का सार यह है: सफलता के मूल सिद्धांत उचित लक्ष्यों की प्राप्ति में उसी हद तक

प्रभावशाली होते हैं, जिस हद तक उन्हें लगातार पॉजिटिव मेंटल एटीट्यूड लागू किया जाता है और उसे पूरा किया जाता है। यही सिद्धांत स्टोन के दर्शन का आधार बन गया और इसी विषय ने उनकी लेखनी को एकीकृत किया। मंच तैयार था और चर्चा का केंद्र पी.एम.ए. था। जैसा कि इस पुस्तक में दिए गए उदाहरणों से आपको पता चलेगा, पी.एम.ए. अब भी हर उस व्यक्ति की कसौटी है, जिसने कि स्थायी सफलता प्राप्त की है।

पी.एम.ए. क्या है?

पी.एम.ए. पॉजिटिव मेंटल एटीट्यूड का संक्षिप्त रूप है; लेकिन यह जीवन के आशावादी दृष्टिकोण से भी बढ़कर बहुत कुछ है। जब आप इसे अच्छी तरह समझते हैं और इसे सही तरह से लागू करते हैं तो आप देखेंगे कि यह वास्तव में एक चौतरफा प्रक्रिया है। उसमें शामिल हैं—

पी.एम.ए. पॉजिटिव मेंटल एटीट्यूड का संक्षिप्त रूप है; लेकिन यह जीवन के आशावादी दृष्टिकोण से भी बढ़कर बहुत कुछ है। जब आप इसे अच्छी तरह समझते हैं और इसे सही तरह से लागू करते हैं तो आप देखेंगे कि यह वास्तव में एक चौतरफा प्रक्रिया है।

1. सोचने का एक सही और संतुलित तरीका,
2. एक सफल चेतना,
3. जीवन का एक समावेशी दर्शन और
4. सही कार्यों व प्रतिक्रियाओं द्वारा इसे करते रहने की क्षमता।

नेपोलियन हिल ने पॉजिटिव मेंटल एटीट्यूड को इस तरह से परिभाषित किया है, ''यह मन की एक विश्वासपूर्ण, सही और रचनात्मक अवस्था है, जो कोई भी व्यक्ति चुनने के अपने तरीके द्वारा निर्माण करता है और उसे बनाए रखता है। इसे वह अपने अनुकूलन प्रेरणा के आधार

पर अपनी इच्छा-शक्ति के संचालन द्वारा करता है।''

डब्ल्यू-क्लेमेंट स्टोन ने आगे बताया, ''पॉजिटिव मेंटल एटीट्यूड किसी भी परिस्थिति या परिस्थितियों के प्रति सही उचित सोच, क्रिया या प्रतिक्रिया है। उदाहरण के लिए-विचार, कार्य और प्रतिक्रिया, जो ईश्वर के नियमों या आपके साथी मनुष्य के अधिकारों का हनन नहीं करते हैं, जिनके पास पी.एम.ए. है।''

आप अपने वंश, परिवेश, शरीर, चेतन व अवचेतन मन, विशेष स्थिति, समय एवं स्थान की दिशा और इससे भी बढ़कर बहुत सारी चीजें, जिसमें ज्ञात-अज्ञात शक्तियाँ भी शामिल हैं, के फल हैं, जब आप पी.एम.ए. के साथ सोचते हैं तो आप इनमें से कोई या सभी तथ्यों को प्रभावित, नियंत्रित प्रयोग कर सकते हैं, उनके साथ तालमेल बिठा सकते हैं और भाग्य बदल सकते हैं। आप शरीर के साथ मस्तिष्क हैं।

स्टोन ने आगे इसकी व्याख्या की है, ''आप अपने वंश, परिवेश, शरीर, चेतन व अवचेतन मन, विशेष स्थिति, समय एवं स्थान की दिशा और इससे भी बढ़कर बहुत सारी चीजें, जिसमें ज्ञात-अज्ञात शक्तियाँ भी शामिल हैं, के फल हैं, जब आप पी.एम.ए. के साथ सोचते हैं तो आप इनमें से कोई या सभी तथ्यों को प्रभावित, नियंत्रित प्रयोग कर सकते हैं, उनके साथ तालमेल बिठा सकते हैं और भाग्य बदल सकते हैं। आप शरीर के साथ मस्तिष्क हैं।''

इसलिए पी.एम.ए. क्या है? पॉजिटिव मेंटल एटीट्यूड की धारणा को बनानेवाले इन तीन शब्दों के अर्थों की जाँच कीजिए :

पॉजिटिव (सकारात्मक)—पी.एम.ए. 'प्लस' विशेषताओं जैसे ईमानदारी, विश्वास, प्यार, निष्ठा, आशा, आशावादिता, साहस, पहल, उदारता, परिश्रम, दयालुता और अच्छी सहज बुद्धि से जुड़ी एक शक्ति

है, बल है।

मेंटल (मानसिक)—पी.एम.ए. मस्तिष्क से जुड़ा एक बल है, न कि शरीर से। आप शरीर के साथ मस्तिष्क हैं। आपकी नियंत्रण क्षमता आपके मस्तिक में है।

एटीट्यूड (भाव)—पी.एम.ए. सही भावों पर निर्भर करता है, जो आपकी भावनाएँ हैं या आपके मनोभाव हैं। मनोभाव का संबंध आपकी आपके प्रति, दूसरों के प्रति, स्थितियों व परिस्थितियों या वस्तुओं के प्रति मौलिक भावनाओं से है।

शब्द 'पॉजिटिव मेंटल एटीट्यूड' के तीन आरंभिक अक्षरों से बना पी.एम.ए. वह चेपक है, जो आपकी सभी अतिरिक्त विशेषताओं को बाँधता है, वह शक्ति-स्रोत, जो आपको एक ऐसा व्यक्ति बनाता है, जो कोई चीज और सबकुछ हासिल कर सकता है, जब तक कि आपकी इच्छा या आप जो कुछ भी करते हैं, वह ईश्वर के नियमों का उल्लंघन नहीं करता है या दूसरों के अधिकारों का हनन नहीं करता है।

शब्द 'पॉजिटिव मेंटल एटीट्यूड' के तीन आरंभिक अक्षरों से बना पी.एम.ए. वह चेपक है, जो आपकी सभी अतिरिक्त विशेषताओं को बाँधता है, वह शक्ति-स्रोत, जो आपको एक ऐसा व्यक्ति बनाता है, जो कोई चीज और सबकुछ हासिल कर सकता है, जब तक कि आपकी इच्छा या आप जो कुछ भी करते हैं, वह ईश्वर के नियमों का उल्लंघन नहीं करता है या दूसरों के अधिकारों का हनन नहीं करता है। सीधे शब्दों में, पॉजिटिव मेंटल एटीट्यूड मस्तिष्क की वह सही दशा है, जो आवश्यक रूप से सही कार्यों व प्रतिक्रियाओं की ओर प्रेरित करती है।

पी.एम.ए. वह सहारा देनेवाली चीज या स्थिरक है, जिसकी हमें और आप सभी को अपने जीवन की किन्हीं भी प्रतिकूलताओं का सामना

करने के लिए जरूरत होती है। जहाज पर स्थिरक आघात को सहनेवाले एक उपक्रम के रूप में काम करता है—एक प्रकार का सहारा देनेवाला उपक्रम, जो उफनते समुद्र में भी जहाज को स्थिर बनाए रखता है। मुझे ऐसे ही उफनते समुद्र में की गई एक यात्रा की याद आती है; लेकिन जहाज में लगे स्थिरक के कारण वह यात्रा अति सुखद थी और किसी भी तरह तकलीफदेह नहीं थी। कई वर्षों पहले इस प्रकार की एक यात्रा में जहाज में कोई स्थिरक नहीं था और यह यात्रा अत्यंत उथल-पुथल भरी थी। सही में उथल-पुथलपूर्ण यात्रा, लेकिन स्थिरक, चाहे वह जाइरोस्कोप हो या कुछ और, यदि उसका प्रयोग नहीं किया जाता है तो वह बेकार है।

पी.एम.ए. के साथ भी यही बात है। इसे भी विकसित किया जाना चाहिए और इसका प्रयोग किया जाना चाहिए। वे लोग, जो अपने जीवन और काम के प्रति पॉजिटिव मेंटल एटीट्यूड विकसित नहीं करते हैं, वे खुश नहीं रहते हैं। कई लोगों को मानसिक बीमारियाँ हो जाती हैं और वे शीघ्र घबरा जाते हैं; क्योंकि वे जीवन में आनेवाली परेशानियों के सामने हथियार डाल देते हैं।

और पी.एम.ए. के साथ भी यही बात है। इसे भी विकसित किया जाना चाहिए और इसका प्रयोग किया जाना चाहिए। वे लोग, जो अपने जीवन और काम के प्रति पॉजिटिव मेंटल एटीट्यूड विकसित नहीं करते हैं, वे खुश नहीं रहते हैं। कई लोगों को मानसिक बीमारियाँ हो जाती हैं और वे शीघ्र घबरा जाते हैं; क्योंकि वे जीवन में आनेवाली परेशानियों के सामने हथियार डाल देते हैं। इसके अलावा ऐसे व्यक्ति अपने प्रियजनों और साथियों के लिए भी मुसीबतें खड़ी करते हैं।

सकारात्मक विचारों का विकास करके और नकारात्मक विचारों

को निकाल करके आप एक प्रभावशाली व प्राकृतिक स्थिरक का प्रयोग करते हैं, जो किसी भी मशीनी जाइरोस्कोप से कहीं अधिक श्रेष्ठ होता है। आप में अपने विचारों को दिशा देने, अपनी भावनाओं को नियंत्रित करने और इस तरह अपने-अपने भाग्य को बदलने की शक्ति है।

इसे कैसे करें : पी.एम.ए. दस-सूत्री तरीका

आप यहाँ जो कुछ सीखेंगे, वह बिल्कुल आसान है—पॉजिटिव मेंटल एटीट्यूड के विकास और उसे बनाए रखने का दस सूत्री फॉर्मूला। ये दस सूत्र आपको न केवल पी.एम.ए. सिखाएँगे, बल्कि ये आपको इनका अभ्यास करने के लिए भी प्रोत्साहित करेंगे और इसे करके आप उसे अपने जीवन का एक अंग बना लीजिए। सीखने से संबंधित चीन की एक कहावत है, 'मैं सुनता हूँ और मैं भूल जाता हूँ। मैं देखता हूँ और वह मुझे याद रहता है। मैं जब करता हूँ तो यह मुझे समझ में आता है।'

आप यहाँ जो कुछ सीखेंगे, वह बिल्कुल आसान है—पॉजिटिव मेंटल एटीट्यूड के विकास और उसे बनाए रखने का दस सूत्री फॉर्मूला। ये दस सूत्र आपको न केवल पी.एम.ए. सिखाएँगे, बल्कि ये आपको इनका अभ्यास करने के लिए भी प्रोत्साहित करेंगे और इसे करके आप उसे अपने जीवन का एक अंग बना लीजिए।

पी.एम.ए. के विकास और इसे बनाए रखने के लिए इस दस सूत्री तरीके को अपने देखने व सुनने से भी ज्यादा चीजों की जरूरत होगी और वह है आपके द्वारा की जानेवाली काररवाई। यहाँ जो कुछ भी बताया गया है, यदि आप उसे करते हैं तो आप पी.एम.ए. को प्राप्त करने में सफल होंगे। वे दस तरीके सूक्ष्मता से एक-दूसरे से जुड़े हुए हैं और हर एक कदम दूसरे को मजबूत

करता है। बस, जरा सोचिए, पूरा अंग्रेजी साहित्य सिर्फ 26 अक्षरों का बना हुआ है। पूरा संगीत सिर्फ 12 नोटों से बना है। सभी रंग तीन प्राथमिक रंगों से ही निकलते हैं। बस, सोचिए। इतनी छोटी चीज से इतना सबकुछ। यदि लेखनी से एक अक्षर निकाल दिया जाए तो क्या होगा? उदाहरण के लिए, यदि आपने इस पुस्तक से 'ए' स्वर निकाल दिया तो क्या होगा? पूरे संगीत से यदि एक लय के बजाय एक नोट निकाल दिया जाए तो यह बेसुर हो जाएगा। लाल, नीले और पीले, प्राथमिक रंगों में से यदि एक न हो तो आपको वह रंग नहीं मिलेगा, जिसकी आपको तलाश है। यदि आपके पास संयोजन तिजोरी की सिर्फ एक संख्या के अलावा बाकी सारी संख्याएँ हैं, आप तिजोरी खोल नहीं सकते। यह अति आवश्यक है कि आप इन दस तरीकों को सीखें और इसे पी.एम.ए. के विकास के लिए प्रयोग करें।

दस तरीके किसी भी वस्तु का केंद्रबिंदु हैं। ये आपके 'करते हुए सीखने' की कुंजी हैं। हर सूत्र में 'करके सीखिए' सलाह है, जिससे आपको उस विशेष सूत्र को आपके अपने मानसिक ढाँचे में समावेश करना होगा। हर सूत्र में एक छोटा अंश 'स्वयं की जाँच' पर भी है।

ये दस तरीके किसी भी वस्तु का केंद्रबिंदु हैं। ये आपके 'करते हुए सीखने' की कुंजी हैं। हर सूत्र में 'करके सीखिए' सलाह है, जिससे आपको उस विशेष सूत्र को आपके अपने मानसिक ढाँचे में समावेश करना होगा। हर सूत्र में एक छोटा अंश 'स्वयं की जाँच' पर भी है। इस जाँच के लिए कोई अंक निर्धारित नहीं है, बल्कि वे इस तरह से तैयार किए गए हैं, ताकि वे उन तरीकों की जाँच के लिए आपको प्रेरित करेंगे, जो आप पी.एम.ए. के बारे में सोचते हैं और उन सभी तरीकों के बारे में ये आपके विचारों का विस्तार करेंगे, जिसे

आप अपने जीवन में लागू कर सकते हैं। हर सूत्र के अंत में आपको 'विद्वानों की उक्तियाँ' मिलेंगी, उन लोगों की प्रेरक टिप्पणियाँ मिलेंगी जिन्होंने जीवन में पी.एम.ए. का मूल्य समझा है। अंत में एक अतिरिक्त सुझाव मिलेगा, जिससे आपको पी.एम.ए. कैसे प्रभावी हो, इस पर कुछ ठोस बातें बताई गई हैं।

पी.एम.ए. की प्राप्ति की दिशा में इन दस सूत्री तरीकों का आप कैसे प्रयोग करते हैं, यह निस्संदेह आप पर निर्भर करता है; लेकिन एक तरीका है, जिसका आप अनुसरण कर सकते हैं।

1. शुरू में सभी दस तरीकों को पढ़िए।
2. एक सूत्र पर प्रतिदिन ध्यान दीजिए और इसे अपनी दिनचर्या में शामिल कीजिए।
3. इस चक्र को दोहराइए दोहराना सीखने का एक महत्त्वपूर्ण पक्ष है, इसलिए हो सकता है कि पूरे दस सूत्रों में आप इस चक्र को बार-बार चुनते रहें, तब तक जब तक कि आप अपनी स्मृति से ही इसे घनिष्ठता के साथ समझकर लागू नहीं करते हैं।

दूसरी संभावना यह है कि आपको हर सूत्र के लिए एक सप्ताह का समय लगेगा और इसके अभ्यास अंशों को आप अपने कार्यों के रूप में करेंगे। दस सप्ताह के बाद आपको पी.एम.ए. के विषय में पूरी जानकारी प्राप्त हो जाएगी और आप अपने जीवन में आनेवाली सभी परिस्थितियों, घटनाओं और व्यक्तियों के साथ इसे लागू करने में दक्ष हो जाएँगे।

दूसरी संभावना यह है कि आपको हर सूत्र के लिए एक सप्ताह का समय लगेगा और इसके अभ्यास अंशों को आप अपने कार्यों के रूप में

करेंगे। दस सप्ताह के बाद आपको पी.एम.ए. के विषय में पूरी जानकारी प्राप्त हो जाएगी और आप अपने जीवन में आनेवाली सभी परिस्थितियों, घटनाओं और व्यक्तियों के साथ इसे लागू करने में दक्ष हो जाएँगे।

पी.एम.ए. के अतिरिक्त लाभ

इस वायदे के साथ ही कि पी.एम.ए. पर आपका नियंत्रण होगा, एक अन्य वायदा भी है, वह यह कि इस सूत्र की मदद से आपको अपने भीतर निष्क्रिय पड़े एक अद्भुत और पूरी तरह से नए व्यक्ति का पता लगाने में भी मदद मिलेगी। आपको अपने एक नए उल्लास एवं जोश से भरपूर व्यक्तित्व का पता चलेगा। इस सूत्र को अपने जीवन में अपनाकर आप जीवन भर एक सकारात्मक व उल्लासपूर्ण मनोदशा को प्राप्त करेंगे और उसे बनाए रख पाएँगे, यहाँ तक कि जब कभी भी आपको कठिनाइयों एवं समस्याओं का सामना करना पड़ेगा, तो भी। डब्ल्यू. क्लेमेंट स्टोन ने कहा, ''जब कभी भी मुझे व्यवसाय में कोई समस्या आती है या किसी कठिनाई का सामना करना पड़ता है या कोई अन्य समस्या आती है तो मैं कहता हूँ। 'यह तो अच्छा है' और फिर मैं कहता हूँ, 'अब इसमें बहुत अच्छा क्या है' 'और फिर मैं कहता हूँ, 'अब इसमें बहुत अच्छा क्या है ?' और तब मुझे पता चलता है कि मैं

डब्ल्यू. क्लेमेंट स्टोन ने कहा, ''जब कभी भी मुझे व्यवसाय में कोई समस्या आती है या किसी कठिनाई का सामना करना पड़ता है या कोई अन्य समस्या आती है तो मैं कहता हूँ। 'यह तो अच्छा है' और फिर मैं कहता हूँ, 'अब इसमें बहुत अच्छा क्या है' 'और फिर मैं कहता हूँ, 'अब इसमें बहुत अच्छा क्या है ?' और तब मुझे पता चलता है कि मैं इन कठिनाइयों को लाभ में बदल सकता हूँ।''

इन कठिनाइयों को लाभ में बदल सकता हूँ।''

और यदि कुछ को वास्तव में कोई समस्या आती है तो वे सौभाग्यशाली हैं। वे सौभाग्यशाली हैं, यदि वे पी.एम.ए. दर्शन का अनुपालन करते हैं। पी.एम.ए. के साथ आप उन समस्याओं को हो सकता है, छुपे वेश में वरदान के रूप में लेंगे। आपको पता चलेगा कि ऐसा कोई भी नहीं है, जो सचमुच में सफल है और वे पीछे मुड़कर जब आपने जीवन में देखते हैं तो पाते हैं कि उनके जीवन में एक ऐसा समय भी आया था, जब उन्हें गंभीर समस्या का सामना करना पड़ा था और उन्हें बुद्धिमत्ता के साथ उसका समाधान किया था। निस्संदेह जब यदि आपके जीवन में भी ऐसी गंभीर समस्या आती है तो आप सोचने लगते हैं कि आप बहुत ही अभाग्यशाली हैं; लेकिन यह सबसे श्रेष्ठ आत्मप्रेरक है, जिसका मैं अपने दिल से अनुमोदन करता हूँ, वह यह कि 'हर परेशानी के साथ ही उसमें या उससे ज यादा फायदे के बीज होते हैं।' दूसरे तरीके से कहें तो, 'हर नुकसान के साथ ही एक फायदा भी है'

आपको यह देखकर उत्साह और रोमांच का अनुभव होगा कि पी.एम.ए. किस तरह आपको जीवन में उन योग्य चीजों को पाने में मदद करता है, जिनकी आप कामना करते हैं। इसे सिर्फ आपके संकल्प की जरूरत होती है और फिर पी.एम.ए. आपके लिए उपयोगी सिद्ध होता है।

आपको यह देखकर उत्साह और रोमांच का अनुभव होगा कि पी.एम.ए. किस तरह आपको जीवन में उन योग्य चीजों को पाने में मदद करता है, जिनकी आप कामना करते हैं। इसे सिर्फ आपके संकल्प की जरूरत होती है और फिर पी.एम.ए. आपके लिए उपयोगी सिद्ध होता है। इस बात से कोई फर्क नहीं पड़ता है कि कोई विचार आपको

शुरू में कितना अजीब लगता है। आप इसका जितना अभ्यास करते हैं, आपको इसके उतने ही ज्यादा फायदे मिलेंगे।

अभी ही शुरुआत क्यों नहीं करें!

पहला सूत्र : पूरे विश्वास के साथ अपने मस्तिष्क पर काबू कीजिए

यह अद्भुत है कि हमारा मस्तिष्क हमारे स्वभाव की सजगता में दो अलग-अलग स्तरों पर प्रवेश करता है। सबसे उच्चतम स्तर मानव चेतना के स्तर पर हमारा मस्तिष्क किसी भी तरह दिमाग के भीतर हो रहे विद्युतीय और रासायनिक प्रवाह की जटिल व्यवस्था के प्रति प्रत्यक्ष रूप से जागरूक होता है। अणुओं और इलेक्ट्रॉनों के निम्नतम स्तर पर किसी पर्यवेक्षक का मस्तिष्क एक बार फिर घटनाओं के विवरण में संलिप्त हो जाता है।

पी.एम.ए. को हासिल करने का सिर्फ एक रास्ता है—आपको पूरे विश्वास के साथ अपने मस्तिष्क पर अपना नियंत्रण रखना होगा। आपका मस्तिष्क इस ब्रह्मांड का एक महान् आश्चर्य है। नक्षत्र शास्त्री, गणितज्ञ और भौतिकविद् फ्रीमैन डाचसन ने मस्तिष्क के बारे में कहा, ''यह अद्भुत है कि हमारा मस्तिष्क हमारे स्वभाव की सजगता में दो अलग-अलग स्तरों पर प्रवेश करता है। सबसे उच्चतम स्तर मानव चेतना के स्तर पर हमारा मस्तिष्क किसी भी तरह दिमाग के भीतर हो रहे विद्युतीय और रासायनिक प्रवाह की जटिल व्यवस्था के प्रति प्रत्यक्ष रूप से जागरूक होता है। अणुओं और इलेक्ट्रॉनों के निम्नतम स्तर पर किसी पर्यवेक्षक का मस्तिष्क एक बार फिर घटनाओं के विवरण में संलिप्त हो जाता है। इन दोनों के बीच में एक स्तर होता है। जहाँ पर्याप्त यांत्रिक नमूने होते हैं और

मस्तिष्क असंगत प्रतीत होता है, लेकिन एक भौतिकविद् के रूप में मैं यह आशंका आने से रोकने में असमर्थ हूँ कि इन दोनों तरीकों के बीच में तार्किक संबंध है, जिसमें कि हमारा मस्तिष्क इस ब्रह्मांड में प्रकट होता है।

…इस संसार में मैं खुद को अजूबा नहीं समझता हूँ। जितना ज्यादा मैं इस संसार का परीक्षण करता हूँ और इसकी संरचना के विवरणों का अध्ययन करता हूँ, उतना ही ज्यादा मुझे इस बात का प्रमाण मिलता है कि कुछ अर्थों का इस संसार को पहले से ही यह मालूम रहा होगा कि हम आ रहे हैं।

ड्रायसन का मानना है कि हमारा मस्तिष्क इस ब्रह्मांड में दोनों स्तरों पर—वस्तुओं के सबसे निम्नतम स्तर पर और वस्तुओं के उच्चतम स्तर पर—इलेक्ट्रॉनों और मनुष्यों की गतिविधियों में बैठ जाता है, जहाँ यह ब्रह्मांड और आपका मस्तिष्क एक साथ होता है, जब कि सबसे कम वस्तुएँ महानतम वस्तुओं के संपर्क में आती हैं तो यही वह बिंदु है, जब आप अपने जीवन और अपने परिवेश पर नियंत्रण कर सकते हैं।

ड्रायसन का मानना है कि हमारा मस्तिष्क इस ब्रह्मांड में दोनों स्तरों पर—वस्तुओं के सबसे निम्नतम स्तर पर और वस्तुओं के उच्चतम स्तर पर—इलेक्ट्रॉनों और मनुष्यों की गतिविधियों में बैठ जाता है, जहाँ यह ब्रह्मांड और आपका मस्तिष्क एक साथ होता है, जब कि सबसे कम वस्तुएँ महानतम वस्तुओं के संपर्क में आती हैं तो यही वह बिंदु है, जब आप अपने जीवन और अपने परिवेश पर नियंत्रण कर सकते हैं। डब्ल्यू क्लेमेंट स्टोन के पर्यवेक्षण को याद रखिए कि आप शरीर के साथ मस्तिष्क हैं। आप अपने विचारों को निर्देशित कर सकते हैं, अपनी भावनाओं पर नियंत्रण कर सकते हैं और अपना भाग्य बना सकते हैं। विलियम जेम्स ने निश्चित रूप से उस कुंठित शक्ति की प्रशंसा

की है, जो हर किसी के भीतर होती है। आपको मैं उनका सिद्धांत याद दिलाता हूँ, हम वही बनते हैं—जो हम अधिकांश समय सोचते हैं।''

हर किसी के पास यह अद्‌भुत कोष है—मस्तिष्क और तंत्रिका तंत्र। हर व्यक्ति, जो 'सामान्य' है (शब्द के विस्तृत अर्थों में), उसे विरासत में वह शक्ति मिली है, जिसकी सहायता से सिद्धांत रूप से जीवन में हर चीज, जो चाहे, हासिल कर सकता है, जो किसी ने हासिल की है या अब कर रहा है। आपकी भावनाएँ, आदेश, अंतर्निहित प्रवृत्तियाँ, मनोवृत्तियाँ, मूड, मनोभाव और आदतें—सब आपकी हैं जिन्हें आप इस दिशा में निर्देशित कर सकते हैं। आप इनका प्रयोग कैसे करते हैं, यह आप पर निर्भर करता है। सभी स्वाभाविक शक्तियों की तरह इन छुपी हुई योग्यताओं में आपका भला करने की संभावनाएँ हैं; लेकिन इनमें से हर किसी का इस्तेमाल कोई भी जिस तरह करता है, वह सकारात्मक, तटस्थ या नकारात्मक हो सकता है।

हर किसी के पास यह अद्‌भुत कोष है—मस्तिष्क और तंत्रिका तंत्र। हर व्यक्ति, जो 'सामान्य' है (शब्द के विस्तृत अर्थों में), उसे विरासत में वह शक्ति मिली है, जिसकी सहायता से सिद्धांत रूप से जीवन में हर चीज, जो चाहे, हासिल कर सकता है, जो किसी ने हासिल की है या अब कर रहा है।

जन्म के समय ये प्रवृत्तियाँ छुपी हुई होती हैं। ये किसी हार्डवेयर स्टोर में पड़े नए यंत्र की तरह होती हैं—नई, चमचमाती, उपयोग किए जाने के लिए तैयार; लेकिन अपने आप प्रयुक्त होने में असमर्थ। इन्हें प्रयोग करनेवाले की जरूरत होती है। ज्यों-ज्यों नवजात शिशु विकसित होता जाता है, मस्तिष्क की इन कार्य-प्रणालियों का प्रमाण उसके विचारों और कार्यों में झलकने लगता है। कभी-कभी भय, अज्ञानता या कुछ

अन्य असौभाग्यशाली प्रभावों के कारण इनमें से कई अप्रयुक्त ही रह जाती हैं और निष्क्रिय हो जाती हैं।

लेकिन इस बात से कोई फर्क नहीं पड़ता है कि आपने अभी तक अपने जीवन में क्या किया है, आपके भीतर अब भी अपने मस्तिष्क के इन यंत्रों को प्रभावशाली ढंग से और कुशलता के साथ प्रयोग करने की शक्ति और योग्यता है। आप उन्हें निर्देशित या नियंत्रित कर सकते हैं, तटस्थ और तालमेल बिठा सकते हैं। यह सबकुछ आप सकारात्मक मानसिक भाव का विकास करके कर सकते हैं।

आपके मस्तिष्क में दस अरब कोशिकाएँ हैं—इनमें से कुछ दे दीजिए या ले लीजिए, वह भी इस संसार की कुल जनसंख्या का दुगुना है। ये सभी कोशिकाएँ आपस में एक-दूसरे से जुड़ी हुई हैं और इनमें सभी आपके अनुसार कार्य करने के लिए बनी हैं। फिर भी, सबसे बुद्धिमान व्यक्ति भी इस उपलब्ध शक्ति का पूरी तरह प्रयोग नहीं कर सकता है।

आपके मस्तिष्क में दस अरब कोशिकाएँ हैं—इनमें से कुछ दे दीजिए या ले लीजिए, वह भी इस संसार की कुल जनसंख्या का दुगुना है। ये सभी कोशिकाएँ आपस में एक-दूसरे से जुड़ी हुई हैं और इनमें सभी आपके अनुसार कार्य करने के लिए बनी हैं। फिर भी, सबसे बुद्धिमान व्यक्ति भी इस उपलब्ध शक्ति का पूरी तरह प्रयोग नहीं कर सकता है। इतिहास में महानतम व्यक्तियों के आइक्यू भी औसत व्यक्ति से ज्यादा नहीं रहे हैं। उनकी उपलब्धि और महानता का कारण है उनका अपनी मानसिक शक्तियों के प्रयोग करने की उनकी क्षमता। उनका पी.एम.ए. गुणक श्रेष्ठ था। आपके भीतर अपार मानसिक क्षमताएँ हैं, लेकिन यह आप पर निर्भर करता है कि अपने मस्तिष्क की इस क्षमता

का प्रयोग सकारात्मक सोचने में करें, ताकि वे सभी आपके फायदे के लिए काम करें।

काम करके सीखिए

पूरे विश्वास के साथ अपने मस्तिष्क को नियंत्रण में लीजिए

नोट—आपके लिए किए गए व्यावहारिक अभ्यास में यह पहला है। जितने समय की जरूरत है, उतना लीजिए। अभ्यास के दस सूत्रों को करने के लिए समय का बार-बार सदुपयोग कीजिए।

नीचे दिए गए सिद्धांतों की एक नकल तैयार कर लीजिए और इसे कहीं ऐसी जगह रखिए, जहाँ सुबह-सवेरे सबसे पहले इसी पर आपकी नजर पड़े। शायद हो सकता है कि बाथरूम का शीशा या आपका ड्रेसर ड्रॉअर इसके लिए सही जगह हो। जब तक आपको इस पर विश्वास न हो, तब तक यह कहने का इंतजार मत कीजिए—इसे बोलने से आपको विश्वास करने में मदद मिलेगी। मुझे विश्वास है कि मेरा मस्तिष्क मेरा है।

दिए गए सिद्धांतों की एक नकल तैयार कर लीजिए और इसे कहीं ऐसी जगह रखिए, जहाँ सुबह-सवेरे सबसे पहले इसी पर आपकी नजर पड़े। शायद हो सकता है कि बाथरूम का शीशा या आपका ड्रेसर ड्रॉअर इसके लिए सही जगह हो। जब तक आपको इस पर विश्वास न हो, तब तक यह कहने का इंतजार मत कीजिए—इसे बोलने से आपको विश्वास करने में मदद मिलेगी। मुझे विश्वास है कि मेरा मस्तिष्क मेरा है।

मुझे विश्वास है कि मैं अपने मस्तिष्क पर अपना नियंत्रण कर सकता हूँ। मुझे विश्वास है कि सकारात्मक मानसिक भाव के विकास के लिए मैं अपनी भावनाओं, मनोभावों, बुद्धि, मनोवृत्तियों, भावावेश

और आदतों को नियंत्रित व निर्देशित कर सकता हूँ।

मैं सकारात्मक मानसिक भाव का विकास करूँगा।

विजेता का संकल्प

अमेरिका का कप नौकायन के क्षेत्र में दी जानेवाली दुनिया की सबसे प्रतिष्ठित ट्रॉफी है। इसे अमेरिका का कप कहा जाता है, क्योंकि इसे 138 वर्षों तक अमेरिका टीम द्वारा जीता जाता रहा। फिर सन् 1983 में ऑस्ट्रेलिया ने इस कप को जीतकर दुनिया को अचंभित कर दिया।

उस वर्ष हारनेवाले अमेरिकी नौकायन दल का नेता डेनिस कोनर था। लेकिन चार साल के बाद वह और उसके स्टार्स एंड स्ट्राइपस का दल अमेरिकी कप को वापस अमेरिका ले गया। यह करने के लिए कोनर को अविश्वसनीय विपरीत परिस्थितियों पर विजय प्राप्त करनी पड़ी, साथ ही इस धारणा पर भी उसी के कारण अमेरिकी कप से अमेरिका को हाथ धोना पड़ा।

उस वर्ष हारनेवाले अमेरिकी नौकायन दल का नेता डेनिस कोनर था। लेकिन चार साल के बाद वह और उसके स्टार्स एंड स्ट्राइपस का दल अमेरिकी कप को वापस अमेरिका ले गया। यह करने के लिए कोनर को अविश्वसनीय विपरीत परिस्थितियों पर विजय प्राप्त करनी पड़ी, साथ ही इस धारणा पर भी उसी के कारण अमेरिकी कप से अमेरिका को हाथ धोना पड़ा।

कोनर की उपलब्धियों के केंद्र में जो था—जिसे उसने 'संकल्प के प्रति संकल्प' का नाम दिया—उस लक्ष्य के प्रति पूर्ण समर्पण, जिसने उसे उस तरह की नौका बनाने और एक ऐसा दल तैयार करने पर अपनी पूरी ऊर्जा लगा देने के लिए मदद की, जो जीत सके। "एक बार जब आप संकल्प कर लेते हैं तो…"

कोनर ने कहा, "आपका पूरा ध्यान एक ही काम पर केंद्रित होता है। केंद्रीय छल्ले में एक नई महत्त्वपूर्ण घटना आ जाती है और आपके जीवन में अन्य कार्य कहीं और घटित होते हैं।

अपने संकल्प के प्रति संकल्प को आज ही अपने पी.एम.ए के विकास के लिए प्रयोग कीजिए।

आत्म विश्लेषण

निम्नलिखित प्रश्नों के उत्तर पूरी ईमानदारी के साथ दीजिए—

1. अपनी तनख्वाह के बारे में बात करने के लिए आप अपने बॉस से मिलने वाले हैं। उसके पहले का आधा घंटा आपने कैसे बिताया?

(क) अपना ध्यान उस बड़ी घटना से हटाने के लिए अपने सहयोगियों के साथ बात करके।

(ख) उन चुनौतियों और संकेतों का सामना करने के लिए मानसिक रूप से अभ्यास करके कि आप इस नौकरी को छोड़ने के लिए तैयार हैं; यदि आपको आपकी तनख्वाह में मनचाही वृद्धि नहीं मिलती है।

(ग) अपनी उन उपलब्धियों पर विचार करते हुए, जो आपने विगत वर्षों में हासिल की हैं और जिस तरह से उससे संगठन का फायदा हुआ है तथा आनेवाले वर्षों में उसमें और वृद्धि करने की अपनी योजनाओं पर विचार करते हुए बीता था।

2. आज आपकी बेटी अपना अंक पत्र लेकर घर आती है, जिसमें यह बताया गया है कि स्कूल में वह एक विषय में कमजोर है। आपकी क्या प्रतिक्रिया होती है?

(क) उससे कहिए, "मेरी भी यही समस्या थी; लेकिन मैंने अच्छा किया। इसके लिए चिंता मत करो।"

(ख) उससे यह कहिए कि हर दिन शाम के समय उसे एक

अतिरिक्त घंटा उस विषय पर काम करते हुए देना चाहिए और जब तक उसके ग्रेड में सुधार नहीं होता, उसे किसी भी गैर-शैक्षिक गतिविधि में शामिल नहीं होना चाहिए।

(ग) उसे यह बताइए कि अपनी कठिनाइयों के बारे में इससे पहले कि वे गंभीर हो जाए, जान लेना अच्छा है। उसे यह प्रस्ताव दीजिए कि उसके होमवर्क कर लेने के बाद आप उसे देखेंगे; क्योंकि आपको मालूम है कि यदि यह विषय कठिन है, तो भी थोड़े अतिरिक्त प्रयास से वह इसे समझ जाएगी।

3. आपकी बगल के पड़ोसी के घर में एक कुत्ता है, जिसे आपके लॉन को खोदने में बड़ा मजा आता है। इस पर आपकी क्या प्रतिक्रिया होती है?

(क) आप मुँह बनाकर कहते हैं, ''क्या यह अच्छा काम है?''

(ख) अपने बगीचे में दोबारा कभी फिर उस कुत्ते के बच्चे को देखते ही आप कुत्ता पकड़नेवाले को बुलाकर उसे पकड़वाने की धमकी देते हैं।

(ग) जो कुछ भी हो रहा है, उसे अपने पड़ोसी को बताइए। उन्हें यह सलाह दीजिए कि कुत्ते का बच्चा इससे पहले कि कोई वास्तविक समस्या खड़ी करे, उसे रोक दीजिए और उनसे पूछिए कि आप किस तरह उनकी सहायता कर सकते हैं।

उसे यह बताइए कि अपनी कठिनाइयों के बारे में इससे पहले कि वे गंभीर हो जाए, जान लेना अच्छा है। उसे यह प्रस्ताव दीजिए कि उसके होमवर्क कर लेने के बाद आप उसे देखेंगे; क्योंकि आपको मालूम है कि यदि यह विषय कठिन है, तो भी थोड़े अतिरिक्त प्रयास से वह इसे समझ जाएगी।

4. आपका व्यापार बस बढ़ना ही शुरू हुआ था कि आपका प्रतिद्वंद्वी आपसे कम कीमत पर वस्तुएँ बेचने लगा। आप क्या करते हैं ?

(क) उसे कड़ी टक्कर देने की सोचिए।

(ख) अपने ग्राहकों को बताइए कि इस प्रतिस्पर्धा में गलत तरीके अपनाए गए हैं और मेरे व्यापार से बाहर होते ही कीमतें बढ़ जाएँगी।

(ग) अपनी कीमतें उतनी ही रखिए, लेकिन अपने प्रतिद्वंद्वी की तुलना में सेवाएँ बेहतर दीजिए और साथ ही ग्राहकों को यह बताने के लिए अपने उस प्रयास को दोगुना कर दीजिए कि उनके साथ अपने व्यापार को आप कितना महत्त्व देते हैं।

अपनी कीमतें उतनी ही रखिए, लेकिन अपने प्रतिद्वंद्वी की तुलना में सेवाएँ बेहतर दीजिए और साथ ही ग्राहकों को यह बताने के लिए अपने उस प्रयास को दोगुना कर दीजिए कि उनके साथ अपने व्यापार को आप कितना महत्त्व देते हैं।

ऊपर बताई गई सभी परिस्थितियों में 'क' के अंतर्गत दिए गए उत्तर में संभावित समस्या या अवसर की अनदेखी करने का प्रयास किया गया है। यह पी.एम.ए. प्रतिक्रिया नहीं हैं, क्योंकि इसका आशय यह है कि आप किसी परिस्थिति को स्वीकार कर लेते है, जिस पर आपका कोई प्रभाव नहीं हैं कि किसी भी परिस्थिति—अच्छी या बुरी—के प्रति आपकी प्रतिक्रिया ही वह शक्तिशाली माध्यम है, जिसके द्वारा आप सफलता प्राप्त कर सकते हैं।

(ख) इसके अंतर्गत दी गई प्रतिक्रिया पी.एम.ए. के विपरीत है। सभी परिस्थितियों में आपका ध्यान उनके नकारात्मक पक्षों पर है और मानसिक रूप से स्वयं को झगड़ा व परेशानी के लिए तैयार कर रहे

हैं। आप प्राय: लोगों को यह भी कह रहे हैं कि आप उनसे यह अपेक्षा कर रहे हैं कि वे आपको यह परेशानी और झगड़े दें। पी.एम.ए. से प्रेरित प्रतिक्रिया में दी गई परिस्थिति में क्या गलत है, इसकी अनदेखी नहीं की जाती है बल्कि उसे यह एहसास होता है कि उस परिस्थिति से निकलने का श्रेष्ठ तरीका यह है कि उसका समाधान ढूँढ़ा जाए, न कि समस्या बनाई जाए।

(ग) के अंतर्गत दिए गए उत्तर पी.एम.ए. से प्रेरित हैं। यह मानसिक रूप से उन चीजों के लिए तैयार करती है, जो आपके अनुकूल हों और यह लोगों को यह भी बताती है कि आपको मालूम होना चाहिए कि ऐसा भी होगा। यह ऐसी प्रतिक्रिया नहीं है, जो कठिनाइयों को रास्ते से हटा देती है। इसके लिए आपको प्राय: शीघ्र काररवाई करने की जरूरत होती है; लेकिन कम प्रयास करना पड़ेगा, यदि आप इसकी अनदेखी करके या तनावों को बढ़ाकर इसे और गंभीर नहीं बना देते हैं।

यह ऐसी प्रतिक्रिया नहीं है, जो कठिनाइयों को रास्ते से हटा देती है। इसके लिए आपको प्राय: शीघ्र काररवाई करने की जरूरत होती है; लेकिन कम प्रयास करना पड़ेगा, यदि आप इसकी अनदेखी करके या तनावों को बढ़ाकर इसे और गंभीर नहीं बना देते हैं।

बोनस : दिन के समय जब परिस्थितियाँ, लोग या स्थितियाँ आपके पॉजिटिव मेंटल एटीट्यूड के प्रति संकल्प को चुनौती दें तो स्वयं को इस संकल्प के प्रति गंभीर रखने के लिए इस छोटे से वाक्य का प्रयोग कीजिए—

मेरा मस्तिष्क मेरा अपना है।
मैं इस पर अपना नियंत्रण कर लूँगा।

विद्वानों के कथन

"आपके पास करने के लिए जो भी काम है, उसे अपनी पूरी क्षमता के साथ कीजिए।"

इक्लेसिएसटेस 9 :10

"यदि आप किसी बाहरी कारक की वजह से परेशान हैं तो स्वयं उस वस्तु की वजह से पीड़ा नहीं है, बल्कि आपके इसके आकलन की वजह से है और इसे किसी भी क्षण मिटा देने की शक्ति आपके पास है।"

मार्क्स ऑरेलियस

"आप जो कुछ भी कर सकते हैं या सपना देख सकते हैं, उसे शुरू कीजिए। साहस में योग्यता, शक्ति और जादू है।"

—जोहान गोथे

"परिस्थितियाँ—परिस्थितियाँ क्या हैं? परिस्थितियाँ तो मैं पैदा करता हूँ।"

—नेपोलियन

"मनुष्य का जन्म सफल होने के लिए हुआ है, विफल होने के लिए नहीं।"

—हेनरी डेविड थोरियो

"अपने मन में हमेशा यह बात रखिए कि सफलता के प्रति आपका संकल्प किसी अन्य चीज की तुलना में कहीं अधिक महत्त्वपूर्ण है।"

"भाग्य संयोग से होनेवाली चीज नहीं है, बल्कि यह एक विकल्प है। यह कोई ऐसी चीज नहीं है, जिसकी प्रतीक्षा की जाए; यह एक ऐसी चीज है, जिसे हासिल किया जाना चाहिए।"

—विलियम जेनिंग्स ब्रियन

"जीवन के बारे में यह एक विचित्र बात है, यदि आप श्रेष्ठ के

सिवाय अन्य कोई भी चीज स्वीकार करने से मना करते हैं तो प्राय: वह चीज आपको मिलती है।

—डब्ल्यू. सामरसेट मौधम

"अंतिम मूल्यांकन में हमारी एकमात्र स्वतंत्रता अपने आपको अनुशासित करने की स्वतंत्रता है।"

—बर्नार्ड बरुच

"भविष्य उन्हीं का है, जिन्हें अपने सपनों के सौंदर्य में विश्वास है।"

—एलेनोर रूजवेल्ट

दूसरा सूत्र : अपने मस्तिष्क को उन चीजों पर केंद्रित कर दीजिए, जो आपको चाहिए और उन चीजों से दूर, जो आपको नहीं चाहिए।

एक बार जब आपका मस्तिष्क आपके नियंत्रण में आ जाता है तो आपको इस पर नियंत्रण रखना होता है और यह करने का श्रेष्ठ तरीका यह है कि उसे उन चीजों पर केंद्रित कर दीजिए, जो आप चाहते हैं और उन चीजों से दूर, जो आप नहीं चाहते हैं।

> *एक बार जब आपका मस्तिष्क आपके नियंत्रण में आ जाता है तो आपको इस पर नियंत्रण रखना होता है और यह करने का श्रेष्ठ तरीका यह है कि उसे उन चीजों पर केंद्रित कर दीजिए, जो आप चाहते हैं और उन चीजों से दूर, जो आप नहीं चाहते हैं।*

"एक चित्र हजार शब्दों के बराबर होता है, "यह एक पुरानी कहावत है। आप किस तरह सोचते हैं, इसका अधिकांश: शब्दों में होता है, फिर भी सबसे गहरे रूप से प्रेरित करनेवाले विचार जो आपके मन में आते हैं, वे चित्रों के माध्यम से आते हैं, न कि शब्दों के माध्यम से। यदि आपके मन में कोई विचार आता है यह प्राय: किसी चीज के घटित

हुए चित्र के रूप में होता है, न कि आपके मन में चलते हुए किसी वाक्य के रूप में। चित्र सोचने का एक शीघ्र और शक्तिशाली तरीका है।

आपके मस्तिष्क की योग्यता शब्दों के निर्माण के स्तर से कहीं अधिक पुराने और गहरे स्तर पर होती है। मानव द्वारा शब्दों का निर्माण अपेक्षतया हाल ही में हुआ है। चित्रों और आकृतियों का आपकी भावनाओं और आवेश पर सीधा, मौलिक और प्राथमिक आकर्षण होता है; जबकि शब्दों के प्रति अप्रत्यक्ष आकर्षण होता है। शब्दों को मस्तिष्क के सबसे गहरे स्तर द्वारा स्वीकार किए जाने और उनके द्वारा प्रभावित होने से पहले शब्दों को चित्रों के रूप में परिवर्तित किया जाना जरूरी है।

आपके मस्तिष्क की योग्यता शब्दों के निर्माण के स्तर से कहीं अधिक पुराने और गहरे स्तर पर होती है। मानव द्वारा शब्दों का निर्माण अपेक्षतया हाल ही में हुआ है। चित्रों और आकृतियों का आपकी भावनाओं और आवेश पर सीधा, मौलिक और प्राथमिक आकर्षण होता है; जबकि शब्दों के प्रति अप्रत्यक्ष आकर्षण होता है।

इसलिए आपको अपने विचारों को अनुशासित करना और जो चीज आप चाहते हैं, वे हितकारी विशेषताएँ, जो आप हासिल करना चाहते हैं, उनकी कल्पना करना सीखना चाहिए। मान लीजिए—उदाहरण के लिए—प्रबलता वह विशेषता है, जिसकी आपको जरूरत महसूस होती है। स्वयं को यह कहकर संतुष्ट मत कीजिए, 'मुझे और भी प्रबल होना चाहिए।'' बल्कि यह कल्पना कीजिए कि यदि आप और प्रबल हो गए तो आप कैसे लगेंगे? आपके चेहरे की अभिव्यक्ति क्या होगी? आपका शारीरिक हाव-भाव कैसा होगा?

आप अपने आपको अपने सामने आनेवाली किसी भी स्थिति,

परिस्थिति, व्यक्ति के प्रति अच्छी, हितकारी, ईमानदार और स्वस्थ दृश्य आकृतियों से जोड़कर क्रिया व प्रतिक्रिया करने के लिए प्रशिक्षित कर सकते हैं। वास्तविक और दृश्य तरीके से किसी अन्य व्यक्ति में किसी अच्छाई की कल्पना करके आप इस बात की गारंटी दे सकते हैं कि आपको वैसा ही अनुभव होगा। आप अपने मस्तिष्क में किसी भी स्थिति के सकारात्मक परिणाम की कल्पना करके इसे वास्तविकता की ओर जाने के लिए प्रेरित कर सकते हैं।

इस सच्चाई की पहचान कर हर दुःख, असफलता, पराजय, परेशानी या अप्रिय परिस्थिति (अपनी या किसी अन्य के कारण बनाई गई) में आपके पास सकारात्मक प्रतिक्रिया करने का अवसर है। ढूँढ़िए और आप ऐसा ही पाएँगे। आपको इसी अनुपात के या इससे भी बड़े फायदे के बीज मिलेंगे एक ऐसे बीज, जो वास्तविक रूप में बड़े फायदे या वरदान में परिवर्तित हो जाएँगे—यदि आप अपनी कल्पना के अनुरूप ऐसा होने के प्रति सक्रिय रहते हैं।

परेशानी की स्थिति में भी पॉजिटिव मेंटल एटीट्यूड के विकास में मदद करने का एक तरीका यह है कि आप यह समझ लीजिए कि जो हो गया, वह हो गया। बीती घटना को आप बदल नहीं सकते हैं; लेकिन जो वर्तमान में होगा और जो भविष्य में होगा, आप उसे प्रभावित कर सकते हैं। अपने आपसे यह कहिए, ''जो कुछ भी होता है, वह श्रेष्ठ के लिए ही होता है और वह अच्छा है।''

परेशानी की स्थिति में भी पॉजिटिव मेंटल एटीट्यूड के विकास में मदद करने का एक तरीका यह है कि आप यह समझ लीजिए कि जो हो गया, वह हो गया। बीती घटना को आप बदल नहीं सकते हैं; लेकिन जो वर्तमान में होगा और जो भविष्य में होगा, आप उसे प्रभावित कर सकते हैं। अपने आपसे यह कहिए, ''जो कुछ भी होता है, वह

श्रेष्ठ के लिए ही होता है और वह अच्छा है।'' अब यह देखने के लिए काम कीजिए कि उस अनुभव से क्या अच्छे परिणाम निकल सकते हैं।

हर परेशानी में···

कभी-कभी इस बात पर विश्वास करना कठिन हो सकता है कि बुरी खबर के पीछे अच्छी खबर है लेकिन आज के अनेक सफलतम व्यक्तियों ने इस बात को अच्छी तरह सीखा है।

चक येगर द्वितीय विश्व युद्ध के दौरान कब्जा किए गए फ्रांस में लड़ाकू विमान का पायलट था। जब उसके विमान को मारकर गिरा दिया गया, वह अकेले जर्मनी के गश्ती सैनिकों से बच निकला और अपने संचालक को पर्वतों से खींचता हुआ स्पेन पहुँच गया, जहाँ अंततः उन्हें सुरक्षा मिली। आर्मी एयर कोर इसके बाद उन्हें घर भेजने के लिए तैयार था।

चक येगर द्वितीय विश्व युद्ध के दौरान कब्जा किए गए फ्रांस में लड़ाकू विमान का पायलट था। जब उसके विमान को मारकर गिरा दिया गया, वह अकेले जर्मनी के गश्ती सैनिकों से बच निकला और अपने संचालक को पर्वतों से खींचता हुआ स्पेन पहुँच गया, जहाँ अंततः उन्हें सुरक्षा मिली। आर्मी एयर कोर इसके बाद उन्हें घर भेजने के लिए तैयार था। लेकिन येगर ने घर जाने से मना कर दिया, बिना यह महसूस किए हुए, 'मैं अपने जीवन का प्रभार लेने ही वाला था। यदि मैं भेजे जाने के लिए तैयार हो जाता तो निश्चित है कि आर्मी एयर फोर्स को युद्ध समाप्त हो जाने के बाद मेरी सेवाओं को जारी रखने में कोई दिलचस्पी नहीं होती।' बल्कि ध्वनि की गति से तेज गति से विमान उड़ानेवाला येगर विश्व का पहला पायलट बना।

टेरी विलियम एक अस्पताल में स्वयंसेवक थी और उसे लोगों के साथ काम करना बहुत अच्छा लगता था लेकिन समस्याओं से वह

परेशान हो गई और उसने इस नौकरी को छोड़ने का निर्णय लिया। उसे यह महसूस हुआ कि वह जिस चीज से प्यार करती है, वह है अच्छी खबरों को बाँटना, न कि बुरी खबरों को। और फिर उसने एक प्रचार कंपनी खोली, जिसके शीघ्र ही माइलस डेविस, इडी मर्फी और जैकी जॉइनर कर्सी ग्राहक बन गए। वह कभी भी देश की श्रेष्ठ प्रचारक नहीं बनती, यदि उसे अपनी पहली महत्त्वाकांक्षा के बिखरने पर निराशा नहीं मिली होती।

विगत में मिली निराशा या अप्रिय परिस्थितियों के कारण मिले अनुभव को भूल जाइए। असफलताओं, निराशाओं या दूसरों के प्रति नकारात्मक भावनाओं के साथ जीने से स्थिति और भी बदतर होती है। अपनी असंतुष्टि को किसी ऐसी चीज के साथ कम कीजिए, जिससे आपको प्रेरणा मिलती है।

विगत में मिली निराशा या अप्रिय परिस्थितियों के कारण मिले अनुभव को भूल जाइए। असफलताओं, निराशाओं या दूसरों के प्रति नकारात्मक भावनाओं के साथ जीने से स्थिति और भी बदतर होती है। अपनी असंतुष्टि को किसी ऐसी चीज के साथ कम कीजिए, जिससे आपको प्रेरणा मिलती है।

प्रेरक असंतुष्टि वह दैवी असंतुष्टि है, जो मानव इतिहास में हमेशा से रही है और जिसने वास्तविक प्रगति और सुधार को जन्म दिया।

काम करने के लिए स्वयं को प्रेरित करने के लिए प्रेरक असंतुष्टि अच्छी है। यह आपकी अपनी पराजयों से सीखने, कठिनाइयों को लाभ में बदलने और अपने लक्ष्य की प्राप्ति के लिए बाधाओं की परवाह न करते हुए कठिनतम परिश्रम करने के लिए प्रेरित करती है।

उदाहरण के लिए, उस लड़के की सच्ची कहानी लेते हैं, जो ग्रामर स्कूल में लगभग सभी ग्रेडों में अनुत्तीर्ण हो गया। एक युवा के रूप में

वह सौभाग्यशाली था कि हाई स्कूल में उत्तीर्ण हो गया। फिर, राज्य विश्वविद्यालय में एक नए विद्यार्थी के रूप में वह पहले ही सेमेस्टर में फेल हो गया। यह अच्छा ही हुआ। फिर ऐसा कुछ हुआ कि उसके भीतर प्रेरक असंतुष्टि उत्पन्न हो गई।

उसे मालूम था कि उसमें सफल होने की योग्यता है और प्रतिक्रिया स्वरूप उसे यह महसूस हुआ कि बीते समय की भरपाई करने के लिए उसके लिए कठिन परिश्रम करना जरूरी है। इसी सकारात्मक मानसिक मनोभाव के साथ वह एक जूनियर कॉलेज में दाखिल हो गया। उसने कड़ी मेहनत की। वह प्रयास करता रहा और अंशांकन के दिन उसे अपनी कक्षा में दूसरा सबसे उच्च स्थान प्राप्त करने का सम्मान मिला।

उसे मालूम था कि उसमें सफल होने की योग्यता है और प्रतिक्रिया स्वरूप उसे यह महसूस हुआ कि बीते समय की भरपाई करने के लिए उसके लिए कठिन परिश्रम करना जरूरी है। इसी सकारात्मक मानसिक मनोभाव के साथ वह एक जूनियर कॉलेज में दाखिल हो गया।

नहीं, वह वहाँ रुका नहीं। उसने देश के एक प्रमुख विश्वविद्यालय में नामांक के लिए अर्जी दी, जहाँ का शैक्षिक स्तर लगातार बढ़ता ही जा रहा है और जहाँ नामांकन मिलना बहुत ही कठिन है। अपने सकारात्मक मानसिक भाव और जूनियर कॉलेज में प्राप्त उपलब्धि के कारण उसे वहाँ नामांकन मिल गया और वहाँ भी उसने एक प्रतिभाशाली छात्र होने का विलक्षण रिकॉर्ड बनाया, क्योंकि हर निराशा में उतने ही या उससे ज्यादा लाभ के बीज छुपे होते हैं।

अपने मस्तिष्क को उन चीजों पर केंद्रित रखिए, जो आप अपने जीवन में हासिल करना चाहते हैं या जिस चीज के लिए आप ख्याति प्राप्त करना चाहते हैं। अपने मस्तिष्क का प्रयोग नियंत्रित आशावादी

विचारों के लिए कीजिए। अपने मस्तिष्क को नियंत्रण में लीजिए और अपने मनोनुकूल आकृतियों पर इसे केंद्रित कर दीजिए। परिस्थितियों या लोगों को अपने भीतर नकारात्मक भाव पैदा न करने दीजिए।

उन तीन चीजों की सूची बनाइए, जिन्हें आप प्राप्त करना चाहते हैं। आप जो हासिल करना चाहते हैं, उसकी उपयोगी विशेषता होनी चाहिए। यह आपके निकट किसी व्यक्ति के साथ आपके सुधरे संबंध होना चाहिए। यह कोई भौतिक वस्तु भी हो सकती है, जिसे आप हासिल करना चाहते हैं। आपको बिल्कुल निश्चित होना है।

काम करके सीखिए

अपने मस्तिष्क को उन वस्तुओं पर केंद्रित रखिए, जिन्हें आप चाहते हैं और उन चीजों से दूर रखिए, जो आप नहीं चाहते हैं।

कभी-कभी दृश्यों के संदर्भ में सोचना शब्दों के संदर्भ में सोचने से ज्यादा कठिन होता है। इस अभ्यास से आपको दृश्य आकृतियाँ बनाने और उसे बनाए रखने के प्रशिक्षण की शुरुआत में मदद मिलेगी।

उन तीन चीजों की सूची बनाइए, जिन्हें आप प्राप्त करना चाहते हैं। आप जो हासिल करना चाहते हैं, उसकी उपयोगी विशेषता होनी चाहिए। यह आपके निकट किसी व्यक्ति के साथ आपके सुधरे संबंध होना चाहिए। यह कोई भौतिक वस्तु भी हो सकती है, जिसे आप हासिल करना चाहते हैं। आपको बिल्कुल निश्चित होना है।

विशेषता : ---------------

संबंध : ----------------

संपत्ति : ---------------

इनमें से हर एक पर विचार कीजिए। ऐसा कोई तरीका सोचिए ताकि उन्हें दृश्य रूप में दिखाया जा सके। पुरानी पत्रिकाएँ और अखबारों को ऐसे चित्रों के लिए ढूँढ़िए, जो आपको वह संकेत देगा, जिसकी मानसिक आकृति आपने बनाई है।

इस अभ्यास को पूरा करने के लिए अपनी समृद्ध रचनात्मक कल्पना का प्रयोग कीजिए। निम्नलिखित सलाह तो बस, एक प्रवेशिका के रूप में है। मान लीजिए—उदाहरण के लिए—उदारता वह विशेषता है, जो आपने चुनी। तब हो सकता है कि आप किसी ऐसे व्यक्ति का चित्र ढूँढ़ें, जिसके हाथ खुले और बढ़े हुए हैं। यदि आप किसी विशेष संबंध को 'एक साथ अच्छे समय' के रूप में बदलना चाहते हैं तो हो सकता कि आप घड़ी का चित्र ढूँढ़ रहे हों और यदि आपकी इच्छा मर्सिडीज बेंज जैसी व्यक्तिगत संपत्ति को हासिल करना है तो एक ऐसा विज्ञापन ढूँढ़िए, जिसमें उस कार का चित्र हो और उस चित्र को काटकर रख लीजिए।

उन चित्रों को वहाँ रखिए, जहाँ प्रतिदिन उन पर आपकी नजर पड़े। दृश्य संकेतों के रूप में उनका प्रयोग अपने मस्तिष्क को उस विशेषता, उस सुधरे संबंध और उस संपत्ति की आकृति बनाने में मदद करने के लिए कीजिए। अब इस बात पर विश्वास रखिए कि आप जो चाहते हैं, वह आपको हासिल होने वाला है।

उन चित्रों को वहाँ रखिए, जहाँ प्रतिदिन उन पर आपकी नजर पड़े। दृश्य संकेतों के रूप में उनका प्रयोग अपने मस्तिष्क को उस विशेषता, उस सुधरे संबंध और उस संपत्ति की आकृति बनाने में मदद करने के लिए कीजिए। अब इस बात पर विश्वास रखिए कि आप जो चाहते हैं, वह आपको हासिल होने वाला है।

आत्म-मूल्यांकन

निम्नलिखित प्रश्नों के उत्तर ईमानदारी से दीजिए—

1. विक्रय प्रतिनिधि के रूप आपकी नौकरी आपको एक ऐसे क्षेत्र में ले जाती है, जहाँ के ग्राहकों के आपके पूर्व सहयोगी के साथ बुरे अनुभव रहे हैं और अब वे आपकी कंपनी के साथ व्यापार नहीं करना चाहते हैं। आपकी क्या प्रतिक्रिया होगी?

(क) इस तरह से व्यवहार कीजिए, मानो पहले कुछ गलत हुआ ही नहीं है।

(ख) विशेष रूप से यह पता लगाइए कि प्रत्येक ग्राहक के साथ क्या गलत हुआ, फिर अपने सुपरवाइजर को उन सभी समस्याओं के बारे में विस्तृत रिपोर्ट लिखिए, तब जिनका आपको वहाँ सामना करना पड़ रहा है, ताकि यह स्पष्ट हो जाए कि बुरी स्थिति में आप वहाँ भेजे गए हैं।

विशेष रूप से यह पता लगाइए कि प्रत्येक ग्राहक के साथ क्या गलत हुआ, फिर इस जानकारी का प्रयोग यह सुनिश्चित करने के लिए कीजिए कि सबकुछ स्थिर ढंग से चलता रहे और यह कि आपके ग्राहकों को पता चले कि आप चीजों को उस तरह चलाने के प्रति समर्पित हैं।

(ग) विशेष रूप से यह पता लगाइए कि प्रत्येक ग्राहक के साथ क्या गलत हुआ, फिर इस जानकारी का प्रयोग यह सुनिश्चित करने के लिए कीजिए कि सबकुछ स्थिर ढंग से चलता रहे और यह कि आपके ग्राहकों को पता चले कि आप चीजों को उस तरह चलाने के प्रति समर्पित हैं।

2. आपके बेटे की दुर्घटना उस कार के साथ हो गई है, जिसकी मरम्मत पर कारखाने में हजारों डॉलर खर्च होंगे। आपकी प्रतिक्रिया क्या होगी?

(क) आह भरो, "ये युवा। शुक्र है, बीमा है।"

(ख) अब गाड़ी चलाने से उसे मना कीजिए और उसे यह बताइए कि उसकी इस गैर-जिम्मेदारी के लिए उसे अगले छह माह तक की सजा दी गई है।

(ग) उसे यह बताइए कि यह उसकी जिम्मेदारी है कि वह कोई नौकरी हासिल करे, ताकि मरम्मत का खर्च अदा कर सके और यह कि वह जितनी जल्दी ऐसा करता है, वह उस कार को फिर से प्रयोग कर सकता है।

3. आप किसी नागरिक संगठन एवं धार्मिक संगठन के साथ जुड़े हुए हैं, जो एक कबाड़ी बाजार को आर्थिक संरक्षण देकर स्थानीय लोगों से चंदा इकट्ठा करने की कोशिश कर रही है। इस घटना के दो सप्ताह पहले आपको व्यापारियों से भी थोड़ा चंदा मिला है। आप क्या करेंगे?

(क) श्रेष्ठ की आशा कीजिए।

(ख) धर्मार्थ संगठन को बुलाकर बता दीजिए कि ज्यादा पैसों की उम्मीद मत कीजिए। संगठन के अन्य सदस्यों को भी बुलाइए और इस निराशा के प्रति उन्हें पहले से आगाह कर दीजिए, ताकि वे इसके लिए तैयार रहें।

(ग) अपने संभावित दाताओं की सूची को देखिए और उनसे मिलिए। उन्हें याद दिलाइए कि वे समाज के लिए बड़े काम करने जा रहे हैं। उनसे पूछिए कि क्या वे दान इकट्ठा करके उनके काम को कुछ आसान बना सकते हैं और आप भी इसमें अपना योगदान कर सकते हैं।

4. आपके डॉक्टर ने आपको यह बताया कि आप उच्च रक्तचाप की सीमा रेखा पर हैं। आप इसके लिए दवाई लेना शुरू कर सकते हैं या आप अपनी जीवन शैली में इस तरह का बदलाव कर सकते हैं, ताकि यह कम हो जाए। आपकी प्रतिक्रिया क्या होगी?

(क) उसके सलाह की अनदेखी कीजिए।

(ख) दवाई लेना शुरू कीजिए, क्योंकि खाने-पीने और जीवन-शैली में बदलाव की हर समय की सलाह, जो भी हो और किसी रुटीन में होने से आपको नफरत है और आपको मालूम है कि आप कभी भी उस रुटीन का पालन नहीं करेंगे।

(ग) व्यायाम करना शुरू कीजिए, अधिक स्वास्थ्यवर्धक खाना खाना शुरू कीजिए और अपने जीवन में तनाव को कम करने के लिए चिंतन-मनन कीजिए तथा अधिक स्वस्थ एवं कम तनावग्रस्त व्यक्ति के रूप में स्वयं के होने पर अपना ध्यान केंद्रित कीजिए।

> *एक बार 'क' के अंतर्गत दी गई प्रतिक्रिया गलत कदम है। वे सभी आपको यह छलावा करने के लिए प्रेरित करते हैं कि कोई समस्या ही नहीं है, जिससे निपटा जाए; जबकि आपको मालूम है कि समस्या है। आप अपने आपको तो यह कह सकते हैं कि कोई समस्या नहीं है, लेकिन समस्या तो है और जब यह और भी गंभीर हो जाती है तो आप इससे निपटने के लिए बिल्कुल भी तैयार नहीं होंगे।*

एक बार 'क' के अंतर्गत दी गई प्रतिक्रिया गलत कदम है। वे सभी आपको यह छलावा करने के लिए प्रेरित करते हैं कि कोई समस्या

ही नहीं है, जिससे निपटा जाए; जबकि आपको मालूम है कि समस्या है। आप अपने आपको तो यह कह सकते हैं कि कोई समस्या नहीं है, लेकिन समस्या तो है और जब यह और भी गंभीर हो जाती है तो आप इससे निपटने के लिए बिल्कुल भी तैयार नहीं होंगे। पी.एम.ए. किसी स्थिति की अनदेखी नहीं करता है। पी.एम.ए. के साथ तो आप अच्छे परिणामों पर अपना ध्यान केंद्रित करते हैं, क्योंकि आप जानते हैं कि यह संभव है, क्योंकि आप उन्हें होने के लिए काम कर रहे हैं।

स्वयं से भी और अन्य सभी व्यक्तियों को यह बताते हैं कि नकारात्मक परिणाम निश्चित है और इस बात के लिए स्वयं को समर्पित कर दिया है। आप कोई काम नहीं करते हैं और अपनी निष्क्रियता को यह कहकर और बल देते हैं कि काम करने से कोई फायदा नहीं होने वाला है।

'ख' के अंतर्गत दी गई प्रतिक्रियाएँ सिर्फ विपरीत करते हुए दिखती हैं। स्वयं से भी और अन्य सभी व्यक्तियों को यह बताते हैं कि नकारात्मक परिणाम निश्चित है और इस बात के लिए स्वयं को समर्पित कर दिया है। आप कोई काम नहीं करते हैं और अपनी निष्क्रियता को यह कहकर और बल देते हैं कि काम करने से कोई फायदा नहीं होने वाला है। पी.एम.ए. के लिए यह आवश्यक है कि आप हमेशा किसी भी स्थिति में सक्रिय रहें और इसकी शुरुआत आप सबसे पहले अपने मनोभाव से कीजिए।

यदि आप पी.एम.ए. के साथ काम कर रहे हैं तो आपका उत्तर 'ग' होता। किसी बुरी स्थिति को अच्छा बनाने पर अपना ध्यान केंद्रित करने का आशय यह नहीं है कि इस बात को स्वीकार करने से बचें कि कोई समस्या भी है। सभी उदाहरणों में समस्या को सुलझाना शुरू करने के लिए आपको समस्या को स्वीकार करना चाहिए, लेकिन

इसकी कुंजी यह है कि आप अपने आप से भी और दूसरों से भी यह कहें कि आपको पूरा विश्वास है कि समस्या का समाधान हो जाएगा। प्राय: समाधान का क्षेत्र आरंभिक समस्या से ही कहीं बड़ा होता है।

उदाहरण के लिए, पहले उदाहरण में अपने ग्राहकों को यह दिखाकर कि आप उनकी सेवा के लिए समर्पित हैं, आप उन्हें न केवल अपने पूर्व सहयोगी के प्रति घृणा से उबारते हैं, बल्कि स्वयं को भी उनकी नजर में बहुमूल्य बनाते हैं और इस तरह आपकी कंपनी के लिए भी। दूसरे उदाहरण में, अपने बेटे को सुधार करने का अवसर देकर आप उसे जिम्मेदारी और काम के प्रति पाठ सिखाते हैं और उसे यह दिखाते हैं कि यदि वह गलती करता है तो वह उससे उबर सकता है, पी.एम.ए. पाठ की साझेदारी का एक अच्छा उदाहरण।

अपने बेटे को सुधार करने का अवसर देकर आप उसे जिम्मेदारी और काम के प्रति पाठ सिखाते हैं और उसे यह दिखाते हैं कि यदि वह गलती करता है तो वह उससे उबर सकता है, पी.एम.ए. पाठ की साझेदारी का एक अच्छा उदाहरण।

तीसरे प्रश्न में आपका ध्यान परियोजना के लाभ पर केंद्रित है, और आप दूसरों को भी उस लाभ में योगदान करने के लिए प्रेरित करते हैं। लोगों को दूसरों की मदद करने के लिए अवसर दिया जाना पसंद आता है और उनके लिए यह संभव बनाने के लिए वे न केवल आपका सम्मान करेंगे, बल्कि वे आपको एक कार्य-उन्मुक्त व्यक्ति के रूप में देखेंगे और प्रश्न संख्या में अपने स्वास्थ्य की जिम्मेदारी लेकर आप समस्या के कारणों को सुधार रहे हैं, न कि बस उससे बचने का उपाय फिर भी, यदि आपके द्वारा उठाए गए कदम दवा से बचने की जरूरत के लिए नाकाफी साबित होते हैं तो भी आपने अपनी स्थिति में सुधार तो किया ही है।

पी.एम.ए. आपके मस्तिष्क को सकारात्मक सुझाव की ओर केंद्रित करता है और इसे प्राप्त करने के लिए जब आप स्वयं को प्रशिक्षित कर लेते हैं तो ऐसा करना एक बहुमूल्य आदत बन जाती है।

> ***कल्पना-शक्ति का प्रयोग करके अपने मस्तिष्क को उन चीजों से दूर रखना, जो आप नहीं चाहते हैं, बस इतना ही आसान है। पहले ही मैंने कहा, ''अपने मस्तिष्क को विगत के अपने अप्रिय अनुभवों और असफलता से दूर रखिए। इसका प्रयोग आकृति के निर्माण के लिए एक दृश्य प्रेरक के रूप में कीजिए। अपने मन में स्वयं को एक गलियारे में होने की कल्पना कीजिए।***

बोनस : कल्पना-शक्ति का प्रयोग करके अपने मस्तिष्क को उन चीजों से दूर रखना, जो आप नहीं चाहते हैं, बस इतना ही आसान है। पहले ही मैंने कहा, ''अपने मस्तिष्क को विगत के अपने अप्रिय अनुभवों और असफलता से दूर रखिए। इसका प्रयोग आकृति के निर्माण के लिए एक दृश्य प्रेरक के रूप में कीजिए। अपने मन में स्वयं को एक गलियारे में होने की कल्पना कीजिए। इस गलियारे में कई दरवाजे हैं और उनमें से एक दरवाजे पर लिखा है, **पराजय और असफलता।** अब कल्पना कीजिए कि आप जान-बूझकर उसी दरवाजे की ओर जा रहे हैं और साथ ही आप अपनी जेब से एक बड़ी चाभी निकालते हैं। आप पूरी मजबूती से और निर्णायक रूप से उस दरवाजे को बंद करते हैं और उसमें ताला लगाते हैं। फिर मुसकराते हुए उस चाभी को अपनी जेब में रख लेते हैं। किसी भी समय जब कभी आपको यह लगे कि पुराने नकारात्मक विचार आपको हतोत्साहित कर रहे हैं तो अपने आपसे कहिए,

उसकी चाभी तो मेरी जेब में है।

उस विचार पर तो मैंने ताला लगा दिया है।

और मुसकराइए, क्योंकि आप जानते हैं कि यह सच है।

विद्वानों के कथन—

''उसने पूरे मनोयोग से यह किया और सफल हुआ।''

—क्रॉनिक्लस, 31 : 21

''चलो, गाते हुए चलें, जितनी दूर भी जाना है। रास्ता कम थकाऊ होगा।''

—वर्जिल

''वह काम, जो मैं करता हूँ तो उन सभी चीजों को भूल जाता हूँ, जो पीछे हैं और उन चीजों को प्राप्त करने का प्रयास करता हूँ, जो सामने हैं।''

—फिलिपिअन 3 :13

''हमारी शंकाएँ विश्वासघातक होती हैं और इसके कारण हम उन अच्छी चीजों को खो देते हैं, जो प्राय : हम जीत सकते थे; क्योंकि हम प्रयास करने से डर जाते हैं।''

—विलियम शेक्सपीयर

''कभी निराश मत होइए; लेकिन यदि आप होते हैं तो निराशा के साथ ही काम करते रहिए।''

—एडमंड बर्क

वह चीज जरूर होती है, जिसमें आपको सचमुच में विश्वास होता है और उस चीज में आपका विश्वास ही उसके होने का कारण होता है।''

—फ्रैंक लिलोआइड राइड

''खुश रहने के लिए 'यदि सिर्फ' शब्दों को हटा दीजिए और उनके बदले में 'अगली बार' शब्दों को प्रयोग में लाइए।''

—स्माइली ब्लांटन

''जब एक बार कोई निर्णय ले लिया गया तो बाद में मैं कभी उसकी चिंता नहीं करता।''

—हैरी एस. ट्रूमैन

"इस तरह काम कीजिए, मानो असफल होना असंभव है।"

—ड्रोथिआ ब्रांडे

हारनेवाले असफलता पर मिलनेवाले दंड की कल्पना करते हैं। विजेता सफलता से मिलनेवाले इनाम की कल्पना करते हैं।

—रॉव गिलबर्ट

तीसरा सूत्र : स्वर्णिम नियम का सहारा लीजिए

दूसरों के साथ भी वैसा ही कीजिए, जैसा कि आप दूसरों से अपने लिए अपेक्षा करते हैं। इसके विपरीत, दूसरों के साथ ऐसा मत कीजिए, जो आप उनसे अपने लिए अपेक्षा नहीं करते।

नाजी साम्यवादियों के लिए आए और मैंने जोर से नहीं बोला, क्योंकि मैं साम्यवादी नहीं था। फिर वे यहूदियों के लिए आए और मैं एक बार फिर नहीं बोला, क्योंकि मैं यहूदी नहीं था। फिर वे व्यापार संघों से जुड़े लोगों के लिए आए और मैं नहीं बोला, क्योंकि मैं व्यापार संघों से जुड़ा हुआ नहीं था।

इस परिचित और प्रकट रूप से साधारण सूत्र के बहुत सारे गुण हैं। कभी-कभी स्वर्णिम नियम का सहारा लेने का आशय यह होता है—आपको दूसरों के लिए खड़ा होना चाहिए; उनका अभिभावक, रक्षक और सलाहकार बनना चाहिए। नाजी अत्याचार के प्रतिरोधी प्रोटेस्टेंट नेता मार्टिन नाइमोलर इस सच्चाई को जानते थे। युद्ध के बाद श्रोताओं को संबोधित करते हुए नाइमोलर ने कहा था,

"नाजी साम्यवादियों के लिए आए और मैंने जोर से नहीं बोला, क्योंकि मैं साम्यवादी नहीं था। फिर वे यहूदियों के लिए आए और मैं एक बार फिर नहीं बोला, क्योंकि मैं यहूदी नहीं था। फिर वे व्यापार संघों से जुड़े लोगों के लिए आए और मैं नहीं

बोला, क्योंकि मैं व्यापार संघों से जुड़ा हुआ नहीं था। फिर वे कैथोलिकों के लिए आए और मैं तो प्रोटेस्टेंट था, इसलिए मैं नहीं बोला। इसके बाद वे मेरे लिए आए, तब तक किसी के लिए बोलनेवाला कोई नहीं था।''

हाँ, दूसरों के साथ वैसा ही कीजिए, जैसा कि आप दूसरों से अपने साथ किए जाने की अपेक्षा करते हैं। हर व्यक्ति और हर परिस्थिति में निरंतर अच्छी चीज की तलाश कीजिए। अपने परिवार, मित्र और व्यापारिक संबंधियों के साथ संबंधों में हमेशा अच्छा तलाश करनेवाले बनिए, न कि बुराई ढूँढ़नेवाला। दूसरों की सहायता कीजिए, प्रशंसा कीजिए और उत्साहवर्धन कीजिए, न कि आलोचना या आरोप कीजिए या बदला लीजिए। किसी की मदद करने के लिए अतिरिक्त प्रयास कीजिए।

पी.एम.ए. की धारणा यह है कि यदि कोई व्यक्ति खुश है या नाखुश है या अत्यंत दयनीय स्थिति में है, उसका मनोभाव स्वयं और दूसरों के प्रति सकारात्मक या नकारात्मक है, के संबंध में जो छोटा सा अंतर है, वही बहुत बड़ा अंतर पैदा करता है।

पी.एम.ए. की धारणा यह है कि यदि कोई व्यक्ति खुश है या नाखुश है या अत्यंत दयनीय स्थिति में है, उसका मनोभाव स्वयं और दूसरों के प्रति सकारात्मक या नकारात्मक है, के संबंध में जो छोटा सा अंतर है, वही बहुत बड़ा अंतर पैदा करता है।

उदाहरण के लिए, खुद के लिए खुशियाँ पाने का एक सबसे निश्चित तरीका यह है कि अपने विचारों, कार्यों और ऊर्जा को दैनिक जीवन में दूसरों को खुशी देने के लिए छोटी-छोटी चीजों में समर्पित कर दीजिए। आप सिर्फ अपने ही बारे में सोचकर तथा आप क्या करते हैं और क्या नहीं करते हैं तथा क्या कहते हैं और क्या नहीं कहते हैं, के प्रति दूसरों की प्रतिक्रियाओं की अनदेखी करके खुद को नाखुश व दयनीय बना सकते हैं।

लिलोऑइड सी. डगलस की पुस्तक 'द मैगनीफिशेंट ऑबशेसन' में इस बात को रेखांकित किया गया है कि जब आप किसी अन्य को बिना अहंकार या व्यक्तिगत लाभ की खुशी देते हैं तो आपको इसके बदले में बार-बार खुशी मिलती है।

'बिगजिम' डेनियल को खुश रहने की ताकत मालूम है। सन् 1976 में उनके टाइटेनियम बनानेवाली कंपनी आर.एम.आई. में आने से पहले यह कंपनी बहुत ही बुरी हालत में थी। नए अध्ययन के रूप में तब से डेनियल ने इसकी स्थिति ही पलट दी। वह यह बदलाव कैसे लाए? किसी कंप्यूटर, परामर्शदाता, प्रबंध स्नातकों का सहारा लेकर नहीं, बल्कि अपने पॉजिटिव मेंटल एटीट्यूड के बल पर।

''आप इसपर विश्वास करें या न करें, फुटबॉल के एक बड़े गूँगे खिलाड़ी के लिए'' 1945 में वह क्लीवलैंड ब्राउनस का कप्तान था, ''मेरा एक दर्शन है—दूसरों के साथ वैसा ही कीजिए, जैसा कि आप अपने लिए दूसरों से अपेक्षा करते हैं।''

बिग जिम ने आर.एम.ए. के सभी 700 कर्मचारियों के नाम मालूम किए। ''जब आप किसी ऐसे व्यक्ति से मिलते हैं, जिसके चेहरे पर कोई मुसकान नहीं है तो अपनी मुसकान उसे दे दीजिए।'' दीवार पर लटकते हुए उस संकेत को पढ़ते हैं। बिग जिम फैटरी के भीतर अपने बिजली से चलनेवाली में बैठे मुसकराते रहते और अपने कर्मचारियों के साथ हँसी-मजाक करते रहते।

''आप इसपर विश्वास करें या न करें, फुटबॉल के एक बड़े गूँगे खिलाड़ी के लिए'' 1945 में वह क्लीवलैंड ब्राउनस का कप्तान था, ''मेरा एक दर्शन है—दूसरों के साथ वैसा ही कीजिए, जैसा कि आप अपने लिए दूसरों से अपेक्षा करते हैं।'' उन्होंने कहा।

श्रीमान डेनियल का दर्शन काम करता है। दूसरों के साथ साझेदारी

करके आप अपना एक हिस्सा उन्हें देते हैं और जो आपके पास बच जाता है, वह कई गुना बढ़ जाता है। इसके साथ ही आप दूसरों को उच्चतर और अधिक रचनात्मक जीवन के प्रति चुनौती देते हैं। दूसरों की मदद करके बदले में आपने स्वयं की मदद की है और इसके साथ ही आपने सद्भावना और पी.एम.ए. की शृंखला प्रतिक्रिया को भी गतिशील कर दिया है।

काम करके सीखिए

स्वर्णिम नियम का सहारा लीजिए

उन तीन चीजों के बारे में सोचिए, जो आप अपने लिए दूसरों से अपेक्षा करते हैं—

1.---------------------

2.---------------------

3.---------------------

अब उसे पलट दीजिए। आप ये तीन चीजें दूसरों के साथ किस तरह करते हैं ? सूत्र # 2 का प्रयोग इसमें एक सहायक रूप में कीजिए—आप जो कुछ भी समुदाय में अपने मस्तिष्क की आँखों से होते देख रहे हैं, उसकी आकृति बनाइए। यदि इसमें सहायता मिलती है तो एक सांकेतिक चित्र ढूँढ़िए इससे आप जो कुछ करने जा रहे हैं, आपको उसकी कल्पना करने में मदद मिलेगी।

अब जाइए और इसे कीजिए

जब आपको थोड़ा मिलता है तो आप थोड़ा ही देते हैं

सफल व्यक्तियों ने बार-बार अपनी सफलता की दूसरे लोगों और समुदायों के साथ साझेदारी की है। इससे उन्हें सम्मान, सहयोग और व्यक्तिगत संतुष्टि मिलती है।

- टेरी इवेनशन व्यवसायों की श्रृंखला में बहुत सफल रहे। अपनी सफलता की साझेदारी के एक तरीके के रूप में उन्होंने प्रतिभावान्, लेकिन गरीब विद्यार्थियों के लिए छात्रवृत्ति योजना शुरू की। अब इन लोगों को भी अपना जीवन सफल बनाने का अवसर मिला बदले में वे लोग अन्य विद्यार्थियों के लिए छात्रवृत्ति के लिए धन इकट्ठा करने में मदद करते। उन सभी का एक ही विश्वास था कि किसी को सफल होने के लिए मौका देना महत्त्वपूर्ण है।
- बिल कोसबी संसार के एक शक्तिशाली और लोकप्रिय मनोरंजनकर्ता हैं। उन्होंने आकांक्षी मनोरंजनकर्ताओं से मिलना और उन्हें इस व्यवसाय से जुड़ी सलाह-प्रोत्साहन देने को अपना व्यवसाय बना लिया; क्योंकि उन्हें पता था कि उन लोगों को अपना कॅरियर बनाने के संघर्ष में इसकी जरूरत पड़ेगी।

आत्म-मूल्यांकन

निम्नलिखित प्रश्नों पर विचार कीजिए—

1. तीन दिन पहले आपने अपने साथी को वह सारा डाटा दे दिया, जो आपने इकट्ठा किया था और कल होनेवाले एक प्रमुख रिपोर्ट लिये जिसका मूल्यांकन किया था। आज आपको पता चला कि इसे तैयार करने में उसने थोड़ी प्रगति की है। आपकी क्या प्रतिक्रिया होगी?

(क) बोलिए कुछ नहीं, ताकि उनपर किसी तरह का दबाव न पड़े।

(ख) उसके और अपने बॉस के लिए एक ज्ञापन तैयार कीजिए और उसमें इस बात को रेखांकित कीजिए कि आपने सभी जिम्मेदारियाँ समय पर पूरी कर दीं और यह स्पष्ट कर दीजिए

कि रिपोर्ट तैयार करने की किसी प्रकार की विफलता की जिम्मेदारी आप पर नहीं है।

(ग) रिपोर्ट पूरा करने में मदद का प्रस्ताव कीजिए।

2. आपके सास-ससुर बूढ़े होते जा रहे हैं और अब वे उन सारे कामों को नहीं कर पाते हैं, जो पहले वे किया करते थे। आपकी क्या प्रतिक्रिया होगी?

(क) इससे अलग ही रहिए, क्योंकि यह आपका काम नहीं है। किसी को भी खबर रखनेवाले ससुर अच्छे नहीं लगते हैं।

(ख) उन पर यह जोर दीजिए कि अब समय आ गया है, जब उन्हें अवकाश गृह में चले जाना चाहिए, इससे पहले कि वे किसी पर बोझ बनें।

(ग) उनके लिए काम करने और घर व आँगन में महीने में दो बार सहायता का प्रस्ताव कीजिए, साथ ही परिवार के अन्य सदस्यों को भी इसमें लगाने के प्रस्ताव कीजिए।

> ***उनके लिए काम करने और घर व आँगन में महीने में दो बार सहायता का प्रस्ताव कीजिए, साथ ही परिवार के अन्य सदस्यों को भी इसमें लगाने के प्रस्ताव कीजिए।***

3. आप एक भीड़ भरे रास्ते पर अत्यंत तेजगति गाड़ी चला रहे हैं और एक अन्य कार बहुत निकट से आपके पीछे चल रही है। आपकी क्या प्रतिक्रिया होगी?

(क) आप जैसे चल रहे हैं, वैसे ही गाड़ी चलाते रहिए।

(ख) अपने ब्रेक की बत्ती जलाइए और धीमा कीजिए। दूसरे चालक को सड़क पर थोड़ा शिष्टाचार दिखाने-बताने के लिए अपना श्रेष्ठतम प्रयास कीजिए।

(ग) किनारे होकर दूसरी गाड़ी को जाने का रास्ता दे दीजिए।

4. सर्विस स्टेशन पर आपको वर्षों से संरक्षण प्राप्त है। एक नया मैकेनिक आपके साथ रूखा व्यवहार करता है और आपसे ऐसे बरताव करता है मानो आपको कुछ भी मालूम नहीं है। आपकी क्या प्रतिक्रिया होगी?

(क) उसे सहन कीजिए, यह मानते हुए कि एक दिन उसे नौकरी से निकाल दिया जाएगा।

(ख) अपना काम कहीं और से करवाइए।

(ग) प्रबंधक के साथ निजी रूप से बात कीजिए और उन्हें बताइए कि आपके साथ जिस तरह का बरताव किया गया, वह देखकर आप हतप्रभ थे; जबकि आप हमेशा उनके व्यवहार से खुश रहे हैं।

> ***अब तो आपको पता चल गया होगा कि 'क' में दी गई प्रतिक्रिया निष्क्रिय है और उन कार्यों का उल्लंघन करती है, जो सक्रिय मानसिक भाव के लिए आवश्यक है। पी.एम.ए. समस्याओं की पहचान करता है और उसे सुधारने के लिए काम करता है।***

अब तो आपको पता चल गया होगा कि 'क' में दी गई प्रतिक्रिया निष्क्रिय है और उन कार्यों का उल्लंघन करती है, जो सक्रिय मानसिक भाव के लिए आवश्यक है। पी.एम.ए. समस्याओं की पहचान करता है और उसे सुधारने के लिए काम करता है। इन स्थितियों की अनदेखी करके आप समस्या को बढ़ने देते हैं, जब तक कि वे गंभीर एवं संभावित रूप से और कष्टदायक नहीं हो जाती हैं। कभी-कभी ऐसा लगता है कि विवाद से दूर रहना अपेक्षतया कम जटिल दृष्टिकोण है; लेकिन इससे किसी भी समस्या पर से आसानी से नियंत्रण खत्म हो सकता है। आप पाएँगे कि लोगों को इस

बात पर आश्चर्य होगा कि एक ऐसी स्थिति में आप निष्क्रिय कैसे रहे, जबकि आपको नेतृत्व और निर्णय क्षमता का प्रदर्शन करना चाहिए था।

(ख) में दी गई प्रतिक्रिया सक्रियता को दरशाती है, लेकिन वे लगभग हमेशा ही तनाव को और बढ़ा देते हैं और दूसरों को यह सोचने के लिए प्रेरित करते हैं कि आप विरोधी या हमेशा शिकायत करनेवाले हैं। जब समस्या उत्पन्न होती है तो लोग किसी ऐसे व्यक्ति की तलाश करते हैं, जो पहल करके समस्या का समाधान ढूँढ़ सके, न कि ऐसा व्यक्ति, जो समस्या को और गंभीर बना दे तथा गुस्सा होकर भाग जाए। कोई भी व्यक्ति आपको कैसे चुन सकता है, जबकि आपका मनोभाव हमेशा दूसरों पर आरोप मढ़ने का या जिम्मेदारी से बचने का हो? यदि, जैसा कि राजमार्गवाले उदाहरण में बताया गया है, आप किसी ऐसे व्यक्ति से निपट रहे हैं, जो अत्यंत निम्न स्तर की निर्णय क्षमता का प्रदर्शन करता है तो इस बात की भविष्यवाणी करना मुश्किल है कि आप किस तरह प्रतिक्रिया करेंगे और उसका परिणाम शीघ्र ही इतना गंभीर होगा, जिसे सँभाल पाना आपकी सामर्थ्य से बाहर होगा। चुनौती देने के बजाय समझा दीजिए। आपकी काररवाई में यह प्रतिबिंबित होना चाहिए कि ऐसी स्थिति में दूसरों से भी आप ऐसी ही अपेक्षा करते हैं।

> ***जब समस्या उत्पन्न होती है तो लोग किसी ऐसे व्यक्ति की तलाश करते हैं, जो पहल करके समस्या का समाधान ढूँढ़ सके, न कि ऐसा व्यक्ति, जो समस्या को और गंभीर बना दे तथा गुस्सा होकर भाग जाए। कोई भी व्यक्ति आपको कैसे चुन सकता है, जबकि आपका मनोभाव हमेशा दूसरों पर आरोप मढ़ने का या जिम्मेदारी से बचने का हो?***

(ग) के अंतर्गत दी गई प्रतिक्रिया दूसरों को आपके प्रति एक ऐसे

व्यक्ति के रूप में सोचने के लिए प्रोत्साहित करता है, जो हमेशा सहयोग करने, मदद करने तथा सामान्य से हटकर करने का इच्छुक होता है। कभी-कभी इनमें वे लोग भी शामिल होते हैं, जिनके साथ आप हर समय बात करते हैं, ऐसे लोग भी हो सकते हैं, जिनकी सहायता और सहयोग पर आप निर्भर करते हैं। वे आपके सहकर्मी भी हो सकते हैं, जिनकी कुशलता की आपको जरूरत पड़ सकती है। वे आपके संबंधी हो सकते हैं, जिनकी जरूरत के समय कभी आप मदद माँग सकते हैं या वह सर्विस स्टेशन का मालिक भी हो सकता है, जो एक बड़ी छुट्टी के एक दिन पहले आपकी गाड़ी को ठीक कर देता है।

कभी-कभी आप देखेंगे कि स्वर्णिम नियमों द्वारा आपने अपने जीवन में जिस पी.एम.ए. का प्रदर्शन किया, वह किसी ऐसे व्यक्ति पर केंद्रित हो जाता है, जिससे आप पहले कभी नहीं मिले हैं और न कभी मिलेंगे। हो सकता है कि आपको अपने कार्यों से कोई लाभ नहीं मिलता है; लेकिन इससे दूसरों को मिलता है।

कभी-कभी आप देखेंगे कि स्वर्णिम नियमों द्वारा आपने अपने जीवन में जिस पी.एम.ए. का प्रदर्शन किया, वह किसी ऐसे व्यक्ति पर केंद्रित हो जाता है, जिससे आप पहले कभी नहीं मिले हैं और न कभी मिलेंगे। हो सकता है कि आपको अपने कार्यों से कोई लाभ नहीं मिलता है; लेकिन इससे दूसरों को मिलता है। ऐसे लोगों से शुरू करते हैं, जिनके प्रति आपकी प्रतिक्रिया सकारात्मक रही थी। इसे उन लोगों तक जारी रखिए, जिन्होंने बदले में आपके प्रति सकारात्मक प्रतिक्रिया की। पी.एम.ए. के साथ कार्य करने से आपके द्वारा सामान्य रूप से पूरे विश्व में पी.एम.ए. का प्रसार होता है और इससे हर उस समुदाय में सुधार होता है, जिनके साथ आप काम करते रहते हैं। यदि आपको कभी

भी किसी ऐसे व्यक्ति की सामर्थ्य पर आश्चर्य हुआ, जिन्हें आप जानते हैं और उससे सबसे असंभावित समय में मदद प्राप्त करना चाहते हैं तो बहुत संभव है कि व्यक्ति पी.एम.ए. के साथ रहता आया है, जैसा कि पुराणों में लिखा हुआ है, 'आप जैसा बोते हैं, वैसा ही काटते हैं।'

बोनस : ऐसी तीन चीजों के बारे में सोचिए, जो आप चाहते हैं कि लोग आपके साथ नहीं करें—

1.----------------------

2.----------------------

3.----------------------

अब उन्हें पलट दीजिए। ये इस तरह हैं—

उदार बनिए। आपके पास जो कुछ भी है, उससे एक हिस्से की आप दूसरों के साथ साझेदारी करते हैं। वह कई गुना बढ़ता रहता है। उदाहरणार्थ

- आप जिनसे भी मिलते हैं, उन्हें देखकर मुसकराइए। अपनी आँखों से मुसकराइए और बदले में आपको भी मुसकराहट मिलेगी।
- कोई कोमल शब्द बोलिए और उसके पीछे दयालु विचार हों—आप दयालु बनेंगे और बदले में आपको भी कोमल शब्द मिलेंगे।
- प्रशंसा कीजिए, पूरी सहृदयता के साथ। आप दूसरों की प्रशंसा करेंगे और बदले में आपको भी प्रशंसा मिलेगी।
- सम्मान, श्रेय और प्रशंसा दीजिए—विजेता की माला। आपको भी सम्मान मिलेगा और श्रेय एवं प्रशंसा भी मिलेगी।
- पूरी उत्सुकता के साथ किसी उपयुक्त कार्य के लिए समय

दीजिए। आप उपयुक्त व्यक्ति के साथ में देखे जाएँगे और इसके लिए अथाह पुरस्कार मिलेगा।

- उम्मीद दीजिए—सफलता के लिए जादुई शक्ति। आपको भी उम्मीद मिलेगी और आप आशावान् भी बनेंगे।
- खुशी दीजिए—मस्तिष्क की श्रेष्ठ व महत्त्वपूर्ण अवस्था। आपको भी साहस मिलेगा और आप प्रोत्साहित किए जाएँगे।
- उल्लास दीजिए—शाब्दिक रोशनी। आप भी उल्लसित रहेंगे और उल्लसित किए जाएँगे।

सुखद प्रतिक्रिया दीजिए—परेशान करनेवाली चीजों को निष्क्रिय करनेवाला। आप भी सुखी रहेंगे और आपको भी सुखद प्रतिक्रियाएँ प्राप्त होंगी।

विद्वानों के कथन

"घृणा से कलह पैदा होती है; लेकिन प्रेम सभी पापों को ढँक लेता है।"

—प्रोर्व्बस, 10 : 12

"जिस चीज की आप दूसरों से अपने प्रति अपेक्षा नहीं करते हैं, वह दूसरों के साथ भी नहीं कीजिए।"

—कन्फ्यूशियस

"हमें दूसरों के उपकार स्वीकार करने से मित्रता नहीं मिलती है, बल्कि उनके प्रति उपकार करके मिलती है।"

—थूसिडाइडस

"मेरे ईश्वर और मेरे राजा, जो कुछ भी आप देखते हैं और जो कुछ भी मैं किसी चीज के साथ करता हूँ, वह सबकुछ मैं आपके लिए करूँ।"

—जॉर्ज हर्बर्ट

"दूसरों को प्रभावित करने के लिए प्रमुख चीज उदाहरण नहीं है। यही एक मात्र चीज है।"

—अल्बर्ट श्वेत्जर

"बहुत सारे लोग किसी चीज की तब तक परवाह नहीं करते हैं, जब तक कि वह उनके साथ नहीं होता है।"

—विलियम होवार्ड टैफ्ट

चौथा सूत्र : आत्म-परीक्षण करके सभी नकारात्मक विचारों को निकालिए

कुछ लोगों को तब तक इस बात का पता नहीं चलता कि वे नकारात्मक ढंग से सोचते हैं, जब तक कि वे अपने विचारों, कार्यों और प्रतिक्रि याओं को जाँचने का सजग प्रयास नहीं करते हैं। आत्म-मूल्यांकन की प्रक्रिया सरल है। बस, अपने से पूछिए, "क्या यह सकारात्मक है या नकारात्मक?" जब आप अपने मस्तिष्क पर नियंत्रण प्राप्त करने और अपनी कल्पना-शक्ति के बल पर इसे अपनी मनचाही दिशा में मोड़ने में विफल हो जाते हैं तो इस बात की बहुत संभावना है कि प्रतिक्रियाएँ नकारात्मक होंगी, न कि सकारात्मक।

कुछ लोगों को तब तक इस बात का पता नहीं चलता कि वे नकारात्मक ढंग से सोचते हैं, जब तक कि वे अपने विचारों, कार्यों और प्रतिक्रियाओं को जाँचने का सजग प्रयास नहीं करते हैं। आत्म-मूल्यांकन की प्रक्रिया सरल है। बस, अपने से पूछिए, "क्या यह सकारात्मक है या नकारात्मक?"

ध्यान दीजिए कि स्वर्णिम नियमों का पालन आपके लिए सकारात्मक सहायता है। स्पष्ट रूप से, यदि आपके साथ भलाई करने और बुराई से बचने की चिंता होगी तो

इस बात की बहुत संभावना है कि नकारात्मक विचार काम करेंगे।

विशेष रूप से आप सकारात्मक मानसिक भाव के विकास की उत्तेजक प्रक्रिया शुरू करने जा रहे हैं; लेकिन पुरानी आदतें समय-समय पर आप पर हावी होंगी। आप पाएँगे कि नकारात्मक विचार उभर रहे होंगे और मौका मिलते ही वे आपकी विचार-प्रक्रिया में प्रवेश कर जाएँगे। निम्नलिखित चार कारक संभवतः उस अधिकांश समय को उल्लिखित कर रहे हैं कि आपके मन में नकारात्मक विचार आते हैं—

1. आप अपने आपसे दु:खी हैं और आपको अपने आप पर दया आ रही है।
2. आप किसी निर्णय पर पहुँच गए हैं या आप किसी व्यक्ति, परिस्थिति और परिवेश पर आरोप लगा रहे हैं। (नशे के आदी) 'भौगोलिक निदान लेने' की बात करते हैं। तात्पर्य यह है कि वे अपने नशे की समस्या के समाधान की कोशिश को, वे जहाँ रहते हैं, उस जगह पर आरोप लगाकर करते हैं।
3. आपका अहं आहत हुआ है या उसपर प्रहार किया गया है। आपका अभिमान नष्ट हुआ है।
4. सबसे स्पष्ट कारण, लेकिन एक ऐसा कारण, जिसे पहचानने में अधिकांश लोगों को कठिनाई होती है, वह यह है कि आप अपने प्रति, दूसरे व्यक्ति या किसी चीज के प्रति स्वार्थी हो रहे हैं।

आप जितना ज्यादा पी.एम.ए. का अभ्यास करते हैं, उतना ही ज्यादा आप नकारात्मक विचारों को पहचानने में समर्थ होंगे; जैसे ही वे उत्पन्न होते हैं। लेकिन आप ज्यों ही पी.एम.ए. को अपने जीवन में सम्मिलित करने की महान् प्रक्रिया की शुरुआत करते हैं, आपको सजग विश्लेषण पर और ज्यादा निर्भर रहना पड़ेगा। अधिकांश मामलों में नकारात्मक विचारों की पहचान कर पाना फिर भी आसान होगा,

क्योंकि वे आपको दूसरों के प्रति स्वर्णिम नियमों की अवहेलना के लिए प्रेरित करेंगे या क्योंकि आप स्वयं के बारे में ही कुछ खुद से कहेंगे कि इसे आप दूसरों द्वारा किया गया अपमान समझेंगे।

यदि आपके मस्तिष्क में ऐसे विचार उत्पन्न होते हैं, जिनपर आपका कोई नियंत्रण नहीं है तो अपने आपसे पूछिए कि यदि सड़क पर कोई अजनबी आपके पास आकर यही बात कहता तो आप क्या सोचेंगे? इन विचारों का भी वही कीजिए, जो आप किसी अजनबी के कहे पर सोचते हैं। कहिए, आपको कुछ भी मालूम नहीं है कि मैं क्या करने में समर्थ हूँ। आप उस तरह की कोई बात कहने के लिए पंक्ति से बहुत दूर हैं।

डॉ. बर्टिस बेरी एक सफल हास्य अभिनेत्री और गायक हैं, जिनका अपना टेलीविजन टॉक शो है और जो पूरे देश में अपनी कला का प्रदर्शन करती हैं तथा लेक्चर देती हैं। वह अपने परिवार में कॉलेज जानेवाली पहली सदस्य थीं, इसलिए जब उन्होंने उपाधि प्राप्त की तो उनकी अपेक्षा थी कि उसके सभी संबंधी वहाँ आएँ और उसे उल्लसित करें।

वास्तव में कौन स्वार्थी है?

डॉ. बर्टिस बेरी एक सफल हास्य अभिनेत्री और गायक हैं, जिनका अपना टेलीविजन टॉक शो है और जो पूरे देश में अपनी कला का प्रदर्शन करती हैं तथा लेक्चर देती हैं। वह अपने परिवार में कॉलेज जानेवाली पहली सदस्य थीं, इसलिए जब उन्होंने उपाधि प्राप्त की तो उनकी अपेक्षा थी कि उसके सभी संबंधी वहाँ आएँ और उसे उल्लसित करें।

जब उसे मालूम हुआ कि उसके परिवार का कोई भी सदस्य नहीं आ रहा है तो वह उत्तेजित हो गई और उसने निर्णय लिया कि वह

उपाधि समारोह में हिस्सा नहीं लेगी। जब उसके प्रोफेसर ने उसे कहा कि वह स्वार्थी हो रही है तो वह मान गई। जब उसने यह देखा कि उसे दो बार के 'नोबेल पुरस्कार' विजेता के हाथों विश्वविद्यालय के सबसे प्रमुख विद्यार्थी की उपाधि मिली तो वह अचंभित रह गई।

> *आपके मस्तिष्क में उभरनेवाले नकारात्मक विचार आपके विगत का नतीजा होते हैं, जिसे आपने पीछे छोड़ने का निर्णय कर लिया है। उनकी उत्पत्ति उन अनुभवों से होती है, जिनसे उबरने का आपने फैसला कर लिया है, और उनका इस बात से कोई संबंध नहीं होता है कि आप अपने आपको किस तरह का विचारक और कर्ता बनाने जा रहे हैं।*

वह एक अद्‌भुत सम्मान लगभग खो चुकी थी, क्योंकि उसका अहंकार आहत हुआ था; लेकिन उसने उस पर विजय प्राप्त कर ली और स्थिरता के साथ सफलता की सीढ़ियाँ चढ़ी।

आपके मस्तिष्क में उभरनेवाले नकारात्मक विचार आपके विगत का नतीजा होते हैं, जिसे आपने पीछे छोड़ने का निर्णय कर लिया है। उनकी उत्पत्ति उन अनुभवों से होती है, जिनसे उबरने का आपने फैसला कर लिया है, और उनका इस बात से कोई संबंध नहीं होता है कि आप अपने आपको किस तरह का विचारक और कर्ता बनाने जा रहे हैं। उनका सामना अपने या संलिप्त व्यक्ति या परिस्थिति के बारे में सकारात्मक विचारों के साथ शीघ्र और प्रबलता के साथ कीजिए।

काम करके सीखिए
आत्म-परीक्षण द्वारा सभी नकारात्मक विचारों को निकाल दीजिए

किए जानेवाले कार्यों की एक सूची बनाइए और उसे हमेशा अपनी जेब या बटुए में अपने पास रखिए। इसका नाम दीजिए—पार्टियाँ, जिनमें शामिल होने से मैं मना कर दूँ।

1. दया पार्टी—आप अपने आपसे दु:खी।
2. मूर्ख पार्टी—दोष लगाने के लिए आपको किसी की तलाश।
3. अहंकार पार्टी—आप आहत अहं से पीड़ित हैं।
4. घृणा पार्टी—आप स्वार्थी हो रहे हैं।

दिन के आरंभ में ही इस सूची पर पुन: विचार कीजिए। जब नकारात्मक विचार उभरें तो निजी समय निकालिए और अपने आपसे पूछिए, 'क्या चल रहा है?' अपनी कोई धन्यवाद नहीं, पार्टी की सूची देखिए और देखिए कि क्या इनमें से कोई कारण इसके पीछे है। फिर इसे दूर कीजिए।

दिन के आरंभ में ही इस सूची पर पुन: विचार कीजिए। जब नकारात्मक विचार उभरें तो निजी समय निकालिए और अपने आपसे पूछिए, 'क्या चल रहा है?' अपनी कोई धन्यवाद नहीं, पार्टी की सूची देखिए और देखिए कि क्या इनमें से कोई कारण इसके पीछे है। फिर इसे दूर कीजिए।

आत्म-मूल्यांकन

निम्नलिखित प्रश्नों के उत्तर ईमानदारी से दीजिए—

1. किसी प्रतिष्ठित और लाभप्रद ग्राहक के लिए आपकी निविदा खारिज कर दी जाती है और यह परियोजना किसी प्रतिष्ठित समूह को मिल जाती है। आपके मस्तिष्क में क्या विचार आता है?

(क) 'इसे बस, नहीं होना था।'

(ख) मुझे निविदा मिल जाती, यदि दूसरी कंपनी मुझे परास्त करने के लिए इतनी आतुर नहीं होती। इस काम को मेरे पास आने देने से रोकने के लिए उन्होंने घाटे में ही यह काम लिया।

(ग) मुझे यह पता लगाना जरूरी है कि वे दूसरी कंपनी के साथ क्यों गए। समस्याओं की पहचान करने और उन्हें दूर करने का यह एक मौका है।

2. आपकी बेटी किसी रेस्तराँ में काम करने के लिए अपनी कॉलेज की पढ़ाई बीच में ही छोड़ देती है। आपके मन में क्या विचार आता है?

(क) उसके अंदर पढ़ाई के प्रति उतना उत्साह कभी भी नहीं रहा है।

(ख) उसे कॉलेज भेजने के लिए मैं अपने सारे पैसे खर्च कर देता हूँ, फिर भी वह विद्रोह कर रही है और मुझे शार्मिंदा करने की कोशिश कर रही है।

(ग) वह कॉलेज में खुश नहीं होगी और मुझे पता लगाना चाहिए कि वह क्यों नहीं खुश है।

3. आपने अपने स्थानीय सामुदायिक संघ के अध्यक्ष के लिए चुनाव लड़ा और उसमें हार गए। आपके मन में क्या विचार हैं?

(क) एक और शिक्षा मिली। मुझे लोकप्रियता की प्रतियोगिताओं में भाग लेना छोड़ देना चाहिए।

(ख) यदि ये लोग यह नहीं देख सकते कि मैं कितना अच्छा अध्यक्ष होता तो मुझे इनमें अपना समय बरबाद नहीं करना चाहिए।

(ग) उत्साही लोगों की रुचियों के बारे में मेरे विरोधी को कुछ जानकारी है, जो मुझे नहीं है। ये वे लोग हैं, जिनसे कुछ सीखा जा सकता है। मैं शर्त लगाता हूँ कि हम एक साथ

काम करके एक बहुत अच्छी टीम बना सकते हैं।

4. आपको मालूम है कि आपको अपना पंद्रह किलो वजन कम करना है; लेकिन कोशिश तो कीजिए। अब तक तो आप सफल नहीं रहे हैं। आपका मनोभाव क्या रहता है?

(क) देखो, मैं और खराब हो सकता हूँ। कम-से-कम मेरा वजन बढ़ा तो नहीं है।

(ख) अपनी फिटनेस के प्रति कोशिशों पर मैं बहुत ध्यान दे रहा हूँ। मैं कभी भी बढ़े वजन को कम नहीं कर पाऊँगा और मुझे स्वयं को और परेशान करना छोड़ देना चाहिए।

(ग) मुझे एक नया तरीका अपनाने की जरूरत है, ताकि मैं उसमें अपनी रुचि को बनाए रख सकूँ और अपने स्वास्थ्य में सुधार कर सकूँ।

जीवन के प्रति एक दृष्टिकोण है, जिसे कहते हैं, 'बहाव के साथ बह जाओ', जो कभी-कभी तो बड़ा आकर्षक लगता है, क्योंकि इससे लगता है कि तनाव और चिंताएँ दूर हो जाती हैं। लेकिन कभी-कभी ये आपके व्यक्तिगत और आपकी क्षमताओं को ढँक लेनेवाले नकारात्मक संदेशों की श्रृंखला भेजता है।

जीवन के प्रति एक दृष्टिकोण है, जिसे कहते हैं, 'बहाव के साथ बह जाओ', जो कभी-कभी तो बड़ा आकर्षक लगता है, क्योंकि इससे लगता है कि तनाव और चिंताएँ दूर हो जाती हैं। लेकिन कभी-कभी ये आपके व्यक्तिगत और आपकी क्षमताओं को ढँक लेनेवाले नकारात्मक संदेशों की श्रृंखला भेजता है। ऊपर 'क' के अंतर्गत दी गई प्रतिक्रियाओं में यही प्रतिबिंबित होता है। इनमें कभी-कभी पर्याप्त मात्रा में दया भाव

भी होता है। इन पंक्तियों के साथ, 'मेरा जन्म स्वाभाविक नेता या एथलीट बनने के लिए नहीं हुआ है' या 'जीवन ने मेरे ऊपर कई जिम्मेदारियाँ डाल दी हैं और श्रेष्ठ जो मैं कर सकता हूँ, वह है उनमें अदल-बदल करना।'

सकारात्मक मनोभाव आपके मन में इस तरह के विचार नहीं आने देता है। आपके मन में यह विचार आ तो सकता है; लेकिन जब आप इसपर विचार करते हैं तो आपको महसूस होता है कि काम और जिम्मेदारियों से बचने का यह एक तरीका है। जब यह होता है तो आप इन विचारों को नकारकर सकारात्मक सुझावों के साथ इसका सामना कर सकते हैं। जितना ज्यादा आप यह सजग रूप में करते हैं, उतना ही ज्यादा यह बाध्य होकर घटेगा, जब तक कि नकारात्मक विचारों का मन में आना बंद नहीं हो जाता।

सकारात्मक मनोभाव आपके मन में इस तरह के विचार नहीं आने देता है। आपके मन में यह विचार आ तो सकता है; लेकिन जब आप इसपर विचार करते हैं तो आपको महसूस होता है कि काम और जिम्मेदारियों से बचने का यह एक तरीका है।

परिस्थितियों पर दोष लगाने के बदले लोगों पर दोष लगाना आसान होता है, क्योंकि आपके आहत अहंकार और आत्म-दया के लिए उसे निशाना बनाना सबसे ज्यादा आसान है। इसका उदाहरण 'ख' के अंतर्गत दी गई प्रतिक्रियाओं में मिलता है। निस्संदेह, ऐसा दृष्टिकोण आपको स्थिति के समाधान की ओर कभी भी कदम बढ़ाने के लिए प्रेरित नहीं करता है और सहज ही स्थिति को और भी बिगाड़ देता है। आपको परेशानी के स्रोत की सही-सही पहचान करनी चाहिए, ताकि उनके भीतर छुपे लाभों का पता चल सके, और यदि आप इस सच्चाई की अनदेखी करते हैं तो आपकी सारी परेशानियाँ कुछ भी नहीं रहेंगी।

'ग' के अंतर्गत दी गई प्रतिक्रियाएँ बिल्कुल इसी दृष्टिकोण को रेखांकित करती हैं। वे यह स्वीकार करते हैं कि समस्या है और इस विश्वास के साथ उस समस्या के बारे में और जानकारी प्राप्त करने की कोशिश है, ताकि कुछ किया जा सके। इस खोजप्रक्रिया के लिए आपको प्राय: एक बार फिर पी.एम.ए. पर निर्भर रहना पड़ सकता है, क्योंकि हो सकता है कि आपको अपने बारे में या परिस्थिति के बारे में ऐसी बातें पता चलें, जिनकी आपको कभी अपेक्षा नहीं थी; लेकिन यदि जब आप उन नई बातों के प्रति इस मनोभाव से प्रतिक्रिया करते हैं कि आपको जो कुछ भी मालूम हुआ है, वह बहुत महत्त्वपूर्ण है और आप उससे निपट लेंगे, आपको पी.एम.ए. का सबसे बड़ा फायदा मिल चुका होगा—बढ़ा हुआ आत्म-ज्ञान और आत्म-विश्वास।

नकारात्मक विचारों को निकाल फेंकना आप जितना सोचते हैं, उससे ज्यादा आसान है। सूत्र # 2 में दिए गए बोनस विचार को याद रखिए। आपके पास कुंजी है। नकारात्मक विचारों को वहीं बंद कर दीजिए, जहाँ से वे आ रहे हैं, उसी काल कोठरी में। सकारात्मक मानसिक भाव आपको वह करने के लिए आपके मस्तिष्क और हाथों में शक्ति देते हैं।

बोनस : नकारात्मक विचारों को निकाल फेंकना आप जितना सोचते हैं, उससे ज्यादा आसान है। सूत्र # 2 में दिए गए बोनस विचार को याद रखिए। आपके पास कुंजी है। नकारात्मक विचारों को वहीं बंद कर दीजिए, जहाँ से वे आ रहे हैं, उसी काल कोठरी में। सकारात्मक मानसिक भाव आपको वह करने के लिए आपके मस्तिष्क और हाथों में शक्ति देते हैं।

विद्वानों के कथन

"मैं डर के साथ और आश्चर्यजनक तरीके से बनाया गया हूँ।"

—साम, 139:14

"आत्म-विश्वास सफलता का पहला रहस्य है।"

—रॉल्फ वाल्डो एमरसन

"रहस्यपूर्ण दिवास्वप्न में खुद से कहिए, मैं चीजों का सँभालने के लिए बनाया गया हूँ।"

—एंड्रयू कार्नेगी

"अति घृणा हीनता की भावना का एक प्रवाह है।"

—जोस ओरटेगा वाइ गैसेट

"हतोत्साह आहत आत्म-प्रेम की निराशा मात्र है।"

—फ्रेंक्वाइज डि फेनेलोन

"अपने विरुद्ध कोई भी परिस्थिति मत बनाइए।"

—रॉबर्ट रोबॉटम

"जब कोई व्यक्ति बदला लेने पर आतुर होता है तो उसे और कुछ भी नहीं दिखाई देता है और यह इसके लिए उपयुक्त नहीं है।"

—लुइस लाएमर

"आपको हर उस अनुभव से शक्ति, साहस और भरोसा मिलता है, जब आप वास्तव में रुककर भय की नजर से नजर मिलाकर देखते हैं। आप खुद से यह कह पाते हैं, 'मैं इस भय में जीता रहा। अब मैं इसके साथ आनेवाली अगली चीज का सामना कर सकता हूँ। आपको वह करना चाहिए, जो आप समझते हैं कि आप नहीं कर सकते हैं।'

—एलेनॉर रूजवेल्ट

सूत्र पाँच : खुश रहिए! दूसरों को भी खुश रखिए

खुश रहने के लिए खुशी का प्रदर्शन कीजिए। ठीक उसी तरह, जब किसी नए ढंग से स्वाँग करने के लिए सोचते हैं। आप नए विचार के लिए नए ढंग से काम कर सकते हैं। उत्साही बनिए, उत्साह का प्रदर्शन कीजिए। खुद पर और समस्त संसार पर हँसिए।

अंततः आपको आंतरिक खुशी और उत्साह की भावना का अनुभव होगा और ये बिना आपके ध्यान केंद्रित किए ही प्रदर्शित होगा। लोग सकारात्मक लोगों को पहचानते हैं और वे उनके आस-पास रहना चाहते हैं। आपके जीवन की गुणवत्ता में यह बदलाव तभी आता है, जब आप नकारात्मक विचारों को निकाल देते हैं और अपने मस्तिष्क को अच्छे, पूर्ण रचनात्मक विचारों, स्मृतियों और अनुभव पर केंद्रित रखते हैं। उल्लासपूर्ण मनोभाव बनाए रखना आसान है, क्योंकि सकारात्मक ढंग से सोचना उतना ही आसान है, जितना नकारात्मक ढंग से सोचना।

यदि आपको चिंता करनी है तो सकारात्मक ढंग से चिंता कीजिए। अपनी सबसे ज्यादा बिकनेवाली किताब 'साइको-साइबरनेटिक्स' में डॉ. मैक्सवेल ने पाठकों को रचनात्मक रूप से चिंता करने के लिए बताया है। वह कहते हैं, ''चिंता करना यह सोचना है—क्या गलत हो सकता है और इसका समाधान यह है कि जागरूक रूप से यह सोचना कि क्या सही हो सकता है।

यदि आपको चिंता करनी है तो सकारात्मक ढंग से चिंता कीजिए। अपनी सबसे ज्यादा बिकनेवाली किताब 'साइको-साइबरनेटिक्स' में डॉ. मैक्सवेल ने पाठकों को रचनात्मक रूप से चिंता करने के लिए बताया है। वह कहते हैं, ''चिंता करना यह सोचना है—क्या गलत हो सकता

है और इसका समाधान यह है कि जागरूक रूप से यह सोचना कि क्या सही हो सकता है।"

यहाँ दो साधारण नियम बताए गए हैं, जिनका पालन करके आप रचनात्मक रूप से सोच सकते हैं। इसे चिंता के नुस्खे के रूप में हमेशा अपने साथ अपनी जेब में रखिए।

1. मेरी--------- चुनौती का श्रेष्ठ नतीजा हो सकता है।
2. यह हो सकता है। जो भी हो, यह बहुत संभव है कि------यह वास्तव में हो सकता है।

थोड़े-थोड़े समय पर उनमें इन नियमों की, उसमें आशावादिता की यह खुराक देते रहिए। कल्पना कीजिए कि आपकी समस्या का इच्छित परिणाम किस तरह का होगा। फिर उन विचारों को अपने में प्रदर्शित कीजिए। धीरे-धीरे आपके भीतर विश्वास और साहस का संचार होगा।

माल्टज का यह विश्वास है कि अवचेतन मन वास्तविक अनुभव और काल्पनिक अनुभव में अंतर नहीं कर पाता है। इस सिद्धांत का लाभ उठाने के लिए उसने निम्नलिखित अभ्यास की सलाह दी है। प्रतिदिन एक निश्चित समयावधि निर्धारित कीजिए, जबकि आप अपनी आँखें बंद करके लक्ष्यों के बारे में कल्पना कर सकते हैं।

माल्टज का यह विश्वास है कि अवचेतन मन वास्तविक अनुभव और काल्पनिक अनुभव में अंतर नहीं कर पाता है। इस सिद्धांत का लाभ उठाने के लिए उसने निम्नलिखित अभ्यास की सलाह दी है। प्रतिदिन एक निश्चित समयावधि निर्धारित कीजिए, जबकि आप अपनी आँखें बंद करके लक्ष्यों के बारे में कल्पना कर सकते हैं। अपने आपको इस तरह देखिए मानो आपने उन लक्ष्यों को पहले ही प्राप्त कर लिया है।

कल्पना कीजिए कि वह हासिल किया गया लक्ष्य कैसा लगता है और कैसा महसूस होता है। जब कभी भी आप स्वयं को नकारात्मक विचारों में घिरा पाएँ, तुरंत स्वयं को ऐसे विचारों को मन में आने देने से रोकने का आदेश दीजिए। फिर अपने मस्तिष्क में उन निराशाजनक चित्रों में स्थान पर वे चित्र बनाइए, जो वास्तव में आप अपने जीवन में होते देखना चाहते हैं। यह प्रयास कीजिए। यह कारगर होता है।

वह अद्‌भुत भावना, जिसका आपको अनुभव होगा, वही पी.एम.ए. है।

काम करके सीखिए

अपनी सफलता को लिपिबद्ध कीजिए।

अपनी सफलताओं और उपलब्धियों की जाँच करना बहुत महत्त्वपूर्ण है। इसे लिखित रूप में एक फॉर्मूले का रूप दीजिए और उन अनुभवों को विस्तार से लिखिए, जिनसे आपको सफल होने में मदद मिली। उतना ही महत्त्वपूर्ण है उन अनुभवों की जाँच करना, जो आप दोहराना नहीं चाहेंगे।

वांछनीय अनुभवों को एक फॉर्मूले के साथ सूत्रबद्ध करने से उन उपायों, कौशलों या तरीकों के रूप में परिणाम आएगा, जिन्हें जब व्यक्तिगत, आध्यात्मिक, पारिवारिक, व्यावसयिक, सामाजिक या नागरिक जीवन में लागू करते हैं तो लगातार परिणाम मिलते हैं।

वांछनीय अनुभवों को एक फॉर्मूले के साथ सूत्रबद्ध करने से उन उपायों, कौशलों या तरीकों के रूप में परिणाम आएगा, जिन्हें जब व्यक्तिगत, आध्यात्मिक, पारिवारिक, व्यावसयिक, सामाजिक या नागरिक जीवन में लागू करते हैं तो लगातार परिणाम मिलते हैं। आप ऐसे उपायों, कौशलों और तरीकों का विकास कर सकते हैं और जब उन्हें अपने उन कार्यों, सेवाओं या उत्पादों में लगाते

हैं, जिनका आपसे संबंध है तो उनसे लगातार परिणाम आते हैं। सफलता उन्हीं को प्राप्त होती है और वे ही सफलता को बनाए रख सकते हैं, जो सकारात्मक मानसिक भाव के साथ लगातार कोशिश करते रहते हैं।

आपको भी वह स्वास्थ्य, संपत्ति, खुशी और सफलता मिलेगी, जिसकी आपको तलाश है।

खुद पर गर्व कीजिए। अपनी उपलब्धियों, अपने परिवार, अपने धर्म, अपने देश और जो कुछ भी अच्छा है, सब पर गर्व कीजिए; लेकिन विनम्र रहिए और अपने अंदर विनम्रता की भावना को रखिए। कोई भी व्यक्ति अपनी उन उपलब्धियों पर तर्कसंगत गर्व का अनुभव कर सकता है; जो सकारात्मक है, लेकिन उन उपलब्धियों के प्रति अहंकार नकारात्मक हो सकता है।

> ***खुद पर गर्व कीजिए। अपनी उपलब्धियों, अपने परिवार, अपने धर्म, अपने देश और जो कुछ भी अच्छा है, सब पर गर्व कीजिए; लेकिन विनम्र रहिए और अपने अंदर विनम्रता की भावना को रखिए। कोई भी व्यक्ति अपनी उन उपलब्धियों पर तर्कसंगत गर्व का अनुभव कर सकता है; जो सकारात्मक है...***

अंग्रेजी भाषा में एक शब्द के कई अर्थ हो सकते हैं—नकारात्मक और सकारात्मक दोनों, और गर्व इसका श्रेष्ठ उदाहरण है। गर्व व्यक्तिगत सम्मान, योग्यता, प्रतिष्ठा और आत्म-सम्मान की उचित अभिव्यक्ति है। यह सकारात्मक है। जब इसे किसी ऐसी चीज के संदर्भ में देखा जाता है जिसके प्रति व्यक्ति न्यायोचित गर्व का अनुभव करता है, लेकिन नकारात्मक अर्थ में सात घृणित पापों में गर्व का प्रथम स्थान है। कहावत 16-18 के अनुसार, 'विनाश से पहले अहंकार का और पतन से पहले अहंकारी का पतन होता है।'

नकारात्मक गर्व अपनी श्रेष्ठता, अत्यधिक आत्म-सम्मान, अहंकार

की अनुचित भावना है; बल्कि नकारात्मक अर्थ में गर्व के पर्यायवाची शब्द हैं—अहंकार, घमंड, अकड़, बदमिजाजी, घृणा और तिरस्कार। इसका विलोम है—विनम्रता और दीनता।

आपके जीवन साथी को अभी एक महत्त्वपूर्ण प्रोन्नति मिली है। नए पद का आशय है बढ़ी हुई तनख्वाह तथा और आगे बढ़ने के अवसर, लेकिन काम का बड़ा भार भी। इस पद को स्वीकार करने की परिचर्चा में आपका क्या योगदान होता है?

आत्म-मूल्यांकन

निम्नांकित स्थितियों पर विचार कीजिए—

1. आपने अपने विभाग के पुनर्संगठन के लिए एक महत्त्वाकांक्षी योजना भेजी है और आप लोगों से मिलने वाले हैं, जो अंतिम निर्णय लेंगे। इस मीटिंग से पहले आप किन चीजों पर अपना ध्यान केंद्रित करते हैं?

(क) नियमित विवरण, ताकि आपकी घबराहट आपको परेशान न कर दे।

(ख) वे सभी कठिन प्रश्न, जो आपसे पूछे जाएँगे और उच्च प्रबंधन की आपत्तियाँ, जिनकी आपको अपेक्षा है।

(ग) आपको अनुमोदन से होनेवाले लाभ और उसे उन्हें समझाना कितना आसान होगा।

2. आपके जीवन साथी को अभी एक महत्त्वपूर्ण प्रोन्नति मिली है। नए पद का आशय है बढ़ी हुई तनख्वाह तथा और आगे बढ़ने के अवसर, लेकिन काम का बड़ा भार भी। इस पद को स्वीकार करने की परिचर्चा में आपका क्या योगदान होता है?

(क) प्रिय, आप वही कीजिए, जो आपको श्रेष्ठ लगता है।

(ख) बस, याद रखिए कि इस पद को पानेवाले उस अंतिम व्यक्ति

के साथ क्या हुआ। वह इस दबाव को झेल नहीं पाया और उसे नौकरी से निकाल दिया गया।

(ग) यह श्रेष्ठ अवसर है और मुझे पूरा विश्वास है कि आप इसे सँभाल लेंगे। यदि आप इसे स्वीकार करना चाहते हैं तो मैं हमेशा आपके साथ हूँ।

स्थानीय पी.टी.ए. प्रमुख के रूप में आप उस समय अचंभित रह जाते हैं, जब स्कूल की लोकप्रिय प्राचार्या वापस कॉलेज जाने के लिए उस पद को छोड़ने की घोषणा करती है। स्कूल अधीक्षक आपको उस समिति में बैठने के लिए आमंत्रित करते हैं, जिसे उस पद के लिए किसी अन्य व्यक्ति का चुनाव करना है।

3. स्थानीय पी.टी.ए. प्रमुख के रूप में आप उस समय अचंभित रह जाते हैं, जब स्कूल की लोकप्रिय प्राचार्या वापस कॉलेज जाने के लिए उस पद को छोड़ने की घोषणा करती है। स्कू ल अधीक्षक आपको उस समिति में बैठने के लिए आमंत्रित करते हैं, जिसे उस पद के लिए किसी अन्य व्यक्ति का चुनाव करना है। इस भरती प्रक्रिया में आपका दृष्टिकोण क्या होगा?

(क) आप निर्णय करते हैं कि एक प्राचार्या भी दूसरे की तरह ही होता है और इसे आप समिति के अन्य सदस्यों पर टाल देते हैं।

(ख) आप स्पष्ट रूप से यह कह देते हैं कि पिछले प्राचार्य की तरह किसी अच्छे व्यक्ति को ढूँढ़ पाना असंभव होगा और सभी को यह याद दिला देते हैं कि वे जिस किसी का भी चुनाव करें उसके विरुद्ध शिकायत अवश्य आएगी।

(ग) आप जानते हैं कि अच्छे प्राचार्य मिल सकते हैं और यह कि पूर्व प्राचार्य ने एक श्रेष्ठ मापदंड दिया है; लेकिन हर

अभ्यर्थी के अलग-अलग गुण होंगे और महत्त्वपूर्ण है कि किसी ऐसे व्यक्ति की तलाश की जाए, जो आपके स्कूल की आवश्यकताओं के बिल्कुल अनुरूप हो।

4. आपको प्रतिदिन आने-जाने में एक ओर से 45 मिनट लगते हैं। आप अपना समय कैसे बिताते हैं?

(क) गाना सुनकर।

(ख) रेडियो वार्त्ता में लोगों की हर चीज के विरुद्ध शिकायत को सुनकर।

(ग) यह कल्पना करके कि आज आप क्या करेंगे और यह आपको आपके जीवन के प्रमुख लक्ष्यों के और निकट कैसे ले जाएगी।

नेपोलियन हिल ने एक बार कहा, ''किसी भी परिस्थिति में एक मात्र चीज या जिस पर आपका निश्चित नियंत्रण होता है, वह है इसके प्रति आपकी प्रतिक्रिया।''

यदि आप हर स्थिति में आशावादी दृष्टिकोण को अपनाना अपनी आदत बना लेते हैं तो आप देखेंगे कि आप जो कुछ भी कहते जा रहे हैं, उसके वांछित परिणाम के निर्माण में इससे मदद मिलती है।

हम सभी यह जानते हैं कि वह धीमी सी आवाज, जो कभी-कभी उभरती रहती है और कहती है, 'यह नहीं होगा,' या 'असफलता यहीं पास में है।' सकारात्मक विचारों पर अपना ध्यान केंद्रित करके आप उस धीमी आवाज को शांत कर सकते हैं। लेकिन यह निरंतर आती ही रहती है, इसलिए आप इसकी अनदेखी नहीं कर सकते हैं।

हम सभी यह जानते हैं कि वह धीमी सी आवाज, जो कभी-कभी उभरती रहती है और कहती है, 'यह नहीं होगा,' या 'असफलता यहीं

पास में है।' सकारात्मक विचारों पर अपना ध्यान केंद्रित करके आप उस धीमी आवाज को शांत कर सकते हैं। लेकिन यह निरंतर आती ही रहती है, इसलिए आप इसकी अनदेखी नहीं कर सकते हैं। आप यह सोच सकते हैं कि आप जो कुछ भी सोच रहे हैं, उसे बदलकर इस आवाज को शांत कर देंगे; लेकिन यह वास्तव में कारगर नहीं है। आपको अपने इन सकारात्मक विचारों के साथ इसे शांत करना पड़ेगा कि आप जो जानते हैं, वह सच हो सकता है। आप अपने सकारात्मक विचारों को लोगों के साथ जोड़कर उनका बहुत भला करते हैं। इसीलिए 'क' के अंतर्गत दी गई प्रतिक्रिया पी.एम.ए. को प्रतिबिंबित नहीं करती है।

हर व्यक्ति का मानसिक भाव फैलनेवाला है। इसलिए आप किसी के साथ भी, अपने साथ भी, संभावित समस्याओं पर टिककर भलाई नहीं करते हैं। 'ख' के अंतर्गत दी गई प्रतिक्रियाएँ नकारात्मक मानसिक भाव का प्रतिनिधित्व करती हैं, जो शीघ्र ही आपके आसपास के लोगों को प्रेषित कर दी जाती हैं। इस तरह आपके प्रयासों के प्रति उनकी कोशिशों और प्रतिक्रियाओं में उलट-फेर कर देती हैं। यह अवश्यंभावी है कि आपके मन में कभी-कभी नकारात्मक विचार आएगा; लेकिन बिना सोचे-समझे इस पर ध्यान मत दीजिए। आपको यह देखने के लिए इसे जाँचना चाहिए कि क्या

हर व्यक्ति का मानसिक भाव फैलनेवाला है। इसलिए आप किसी के साथ भी, अपने साथ भी, संभावित समस्याओं पर टिककर भलाई नहीं करते हैं। 'ख' के अंतर्गत दी गई प्रतिक्रियाएँ नकारात्मक मानसिक भाव का प्रतिनिधित्व करती हैं, जो शीघ्र ही आपके आसपास के लोगों को प्रेषित कर दी जाती हैं। इस तरह आपके प्रयासों के प्रति उनकी कोशिशों और प्रतिक्रियाओं में उलट-फेर कर देती हैं।

यह सही समस्या की पहचान करती है, लेकिन दस में से नौ बार जो एकमात्र कार्य करने की जरूरत है, वह यह है कि इसको स्थानापन्न सकारात्मक विचारों से करना चाहिए।

यह सोचने की गलती मत कीजिए कि उल्लासपूर्ण दृष्टिकोण अपनाने से इस पर पट्टी लग जाएगी। इतिहास में ऐसे उदाहरण भरे पड़े हैं, जब लोगों ने किसी चीज के असफल होने के पीछे के कारणों की अनदेखी की और उसे करते रहे। रॉबर्ट फूलटन, टॉमस एडिसन, राइट बंधु आदि। डेनिस किंब्रो, नेपोलियन हिल के साथ 'थिंक एंड ग्रो रिच : अ ब्लैक चॉइस' के सह लेखक, का उदाहरण लेते हैं कि लोग आपको यह कह सकते हैं कि सूरज डूब गया है, लेकिन वे गलत हैं। वास्तव में सूरज कभी डूबता नहीं है। हो सकता है कि वहाँ अभी रात है, जहाँ आप हैं, लेकिन धरती के अधिकांश भागों में सूरज पूरे प्रकाश के साथ चमकता रहता है।

'फिल द फिअर एंड डू इट एनीवे' के लेखक सुसान जेफर अपने मित्र के साथ रात में खाना खा रहे थे और वह उस महिला के साथ, जिसके साथ खाना खा रहे थे, उसे किसी चीज के सकारात्मक पक्ष को दिखाने का प्रयास कर रहे थे। तभी दूसरी महिला ने टिप्पणी की, ''आप अब पोलियाना की तरह लगने लगे हैं।''

किसी और तरह से क्यों काम करें?

'फिल द फिअर एंड डू इट एनीवे' के लेखक सुसान जेफर अपने मित्र के साथ रात में खाना खा रहे थे और वह उस महिला के साथ, जिसके साथ खाना खा रहे थे, उसे किसी चीज के सकारात्मक पक्ष को दिखाने का प्रयास कर रहे थे। तभी दूसरी महिला ने टिप्पणी की,

"आप अब पोलियाना की तरह लगने लगे हैं।"

जेफर याद करते हैं, "मैंने जोर से कहा, जो भी हो, पोलियाना के बारे में इतना बुरा क्या है? जीवन में बाधाओं के बावजूद जीवन के प्रति अच्छा महसूस करने में क्या बुराई है? दुर्भाग्य और अंधकार के बजाय सूरज की ओर देखने में क्या बुराई है? हर चीज में अच्छा देखने की कोशिश करने में क्या बुराई है? इसमें कुछ भी गलत नहीं है। "मैंने जोर देकर कहा, बल्कि मैंने अविश्वास भरे लहजे में आगे कहा, "कोई भी उस तरह सोचने से क्यों रोकेगा?"

> ***केवल आप ही अपना मनोभाव चुन सकते हैं, जो आप किसी भी स्थिति के लिए चुनते हैं। यदि आप नकारात्मक विचारों की दलदल में खुश हैं तो यह आप में चिपकेगा और आपके आस-पास के लोगों को यह मालूम हो जाएगा। बल्कि अपना मन उन चीजों पर टिकाइए, जो आप चाहते हैं और उस निश्चितता पर कि वह आपको प्राप्त होगा। यदि आपको चिंता ही करनी है तो सकारात्मक रूप में चिंता कीजिए।***

केवल आप ही अपना मनोभाव चुन सकते हैं, जो आप किसी भी स्थिति के लिए चुनते हैं। यदि आप नकारात्मक विचारों की दलदल में खुश हैं तो यह आप में चिपकेगा और आपके आस-पास के लोगों को यह मालूम हो जाएगा। बल्कि अपना मन उन चीजों पर टिकाइए, जो आप चाहते हैं और उस निश्चितता पर कि वह आपको प्राप्त होगा। यदि आपको चिंता ही करनी है तो सकारात्मक रूप में चिंता कीजिए।

बोनस : दर्पण के सामने खड़े होकर और खुद पर मुसकराकर अपने आपको खुशी की संक्रामक शक्ति से परिचित कराइए। कोई बात नहीं, यदि कुछ समय के लिए आपको अटपटा लगता है। हो सकता है

कि आप दिल से मुसकराएँगे; लेकिन खुद को मुसकराते हुए देखकर ही आपको इस खुशी का आभास निश्चित रूप से हो जाता है कि कोई ऐसी साधारण चीज भी ला सकती है। अब कल्पना कीजिए कि तब क्या होगा, जब उस मुसकराहट की आप दूसरों के साथ साझेदारी करेंगे।

विद्वानों के कथन

''एक प्रसन्न हृदय दवाई की तरह काम करता है।''

—***प्रोवबर्स, 17:22***

''उल्लास आपको एक प्रकार के प्रकाश से प्रकाशित रखता है और वह इसे स्थिर व अनंत शांत चित्त से भर देता है।''

—***जोसेफ एडीसन***

''एक गुण ग्रहण कीजिए, यदि वह आपके पास नहीं है तो।''

—***विलियम शेक्सपीयर***

''मुझे एक ऐसा आदमी दीजिए, जो अपने काम में आनंद लेता है।''

—***टॉमस कार्लाइल***

''यदि आप किसी गुण की कामना करते हैं तो इस तरह कार्य कीजिए, मानो वह पहले ही आपके पास है। मानो उपाय को अपनाने की कोशिश कीजिए।''

—***विलियम जेम्स***

''यदि हम सचमुच में जीना चाहते हैं तो बेहतर है कि हम शीघ्र ही प्रयास करना शुरू कर दें।''

—***डब्ल्यू. एच. ऑडीन***

''अपनी कमजोरियों का प्रयोग कीजिए, बल की आकांक्षा कीजिए।

—***लॉरेंस ओलिवियर***

''साहसी बनिए, शक्तिशाली बल आपकी सहायता के लिए आगे आएगा।''

—***बेसिल किंग***

"श्रेष्ठ प्रदर्शक वे लोग होते हैं, जो किसी भी तरह की परिस्थितियों का सामना इस मनोभाव के साथ करते हैं कि वे उन्हें उस ओर पलट देंगे, जिस ओर वे चाहते है, कभी-कभार नहीं, नियमित रूप से। वे खुद पर भरोसा करते हैं।"

—चार्ल्स गारफील्ड

छठा सूत्र : सहनशीलता की आदत डालिए

लोगों के प्रति खुला मन रखिए। लोग जैसे हैं, उन्हें उसी रूप में पसंद करने और स्वीकार करने की कोशिश कीजिए, न कि यह अपेक्षा या कामना कीजिए कि वे वैसे हो जाएँ, जैसा आप चाहते हैं। कई वर्षों पहले नेपोलियन हिल ने सहनशीलता पर यह लेख लिखा था—

जब बुद्धि का सवेरा मानव प्रगति के पूर्वी क्षितिज पर फैल जाएगा और समय की रेत पर से अज्ञानता व अंधविश्वास के कदमों के निशान मिट जाएँगे, मनुष्य द्वारा किए गए अपराध पर लिखी गई किताब के अंतिम खंड में यह लिखा जाएगा कि उसका सबसे घृणित पाप असहिष्णुता था।

"जब बुद्धि का सवेरा मानव प्रगति के पूर्वी क्षितिज पर फैल जाएगा और समय की रेत पर से अज्ञानता व अंधविश्वास के कदमों के निशान मिट जाएँगे, मनुष्य द्वारा किए गए अपराध पर लिखी गई किताब के अंतिम खंड में यह लिखा जाएगा कि उसका सबसे घृणित पाप असहिष्णुता था।"

सबसे कड़वी असहनशीलता धार्मिक, जातीय और आर्थिक पक्षपातों और विचारों में भेद से उत्पन्न होती है। हे ईश्वर! हम कब असहाय मानव एक-दूसरे को नष्ट करने के प्रयास की मूर्खता को समझेंगे; क्योंकि हम विभिन्न धार्मिक विश्वासों और जातीय प्रवृत्तियों का अनुसरण करते हैं।

पृथ्वी पर हमारे लिए निर्धारित किया गया अस्थायी है। एक मोमबत्ती की तरह हम जलते हैं, कुछ क्षण के लिए रोशनी देते हैं और फिर बुझ जाते हैं। इस संसार में अपने आगमन की उस संक्षिप्त अवधि को हम उस तरह जीना क्यों नहीं सीख सकते कि जब बड़ा कारवाँ, जिसे मौत कहते हैं, आए और यह घोषणा करे कि हमारा समय अब पूरा हो गया है तो हम अपने तंबुओं को मोड़कर और उस अज्ञात सफर पर बिना किसी भय व कंपन के चुपचाप चल पड़ें ?

मुझे उम्मीद है कि जब हम दूसरी ओर के कठघरे को पार कर चुकेंगे तो वहाँ हमें कोई यहूदी या बुतपरस्त, कैथोलिक या प्रोटेस्टेंट, जर्मन, अंग्रेज या फ्रांसीसी नहीं मिलेगा। मुझे आशा है कि हमें वहाँ मनुष्य की आत्माएँ मिलेंगी—सभी भाई-बहन के रूप में, जिनपर जाति, विचार या रंग का कोई निशान नहीं होगा। इसलिए मैं चाहूँगा कि असहनशीलता का त्याग कर दूँ, ताकि अनंत काल तक मैं शांति से रह सकूँ।

मुझे उम्मीद है कि जब हम दूसरी ओर के कठघरे को पार कर चुकेंगे तो वहाँ हमें कोई यहूदी या बुतपरस्त, कैथोलिक या प्रोटेस्टेंट, जर्मन, अंग्रेज या फ्रांसीसी नहीं मिलेगा। मुझे आशा है कि हमें वहाँ मनुष्य की आत्माएँ मिलेंगी—सभी भाई-बहन के रूप में, जिनपर जाति, विचार या रंग का कोई निशान नहीं होगा।

प्यार व स्नेह से एक ऐसे मानसिक और भौतिक वातावरण का निर्माण होता है, जिसमें पी.एम.ए. का विकास हो सकता है। हर दिन कोई अच्छा काम कीजिए। यह ब्वॉय स्कॉट्स के लिए और हमारे लिए भी अच्छी सलाह है।

यह एक सच्ची कहानी है। न्यू इंग्लैंड उच्च विद्यालय का एक छात्र था, जो उच्च कोटि का जिमनॉस्ट भी था। वह चैंपियनशिप मीटिंग के

लिए जा रहा था। जैसे ही वह किसी विशेष पुल के ऊपर पहुँचा, उसने पुल की रेलिंग में दरार देखी। वह रुक गया और नीचे नदी में एक ट्रक को गिरा देखा। दुर्घटना उसी समय हुई थी। ट्रक अब भी डूब ही रहा था और ट्रक का ड्राइवर उससे बाहर निकलने की कोशिश कर रहा था।

असहनशीलता का कुरूप चेहरा

असहनशीलता का सबसे दुःखद नतीजा यह होता है कि जिन लोगों को इसका अनुभव हुआ है, वे प्रायः अन्य समूहों के बीच इसे फैलाते हैं। पूर्व यूगोस्लाविया जैसे देशों के उदाहरण हमें यह दिखाते हैं कि असहिष्णुता किस तरह किसी समाज के टुकड़े-टुकड़े कर देती है।

असहनशीलता का सबसे दुःखद नतीजा यह होता है कि जिन लोगों को इसका अनुभव हुआ है, वे प्रायः अन्य समूहों के बीच इसे फैलाते हैं। पूर्व यूगोस्लाविया जैसे देशों के उदाहरण हमें यह दिखाते हैं कि असहिष्णुता किस तरह किसी समाज के टुकड़े-टुकड़े कर देती है।

असहिष्णुता कितनी मूर्खतापूर्ण होती है, यह देखने का एक अच्छा तरीका यह है कि हम उन पुराने सामाजिक दृष्टिकोणों को जाँचें, जो कभी चलन में थे। उदाहरण के लिए, कई वर्षों तक यह माना जाता रहा कि कोई वह व्यक्ति, जो कैथोलिक है या तलाकशुदा है, संयुक्त राज्य अमेरिका का राष्ट्रपति निर्वाचित नहीं हो सकता है; लेकिन हाल के दिनों में दो सबसे ज्यादा लोकप्रिय राष्ट्रपति ऐसे हुए, जिन्होंने इस मान्यता को गलत साबित कर दिया। जॉन एफ. केनेडी कैथोलिक थे और रोनॉल्ड रीगन तलाकशुदा थे।

यह सुनिश्चित कीजिए की कि वे असहनशील विचार, जो आपको अन्य लोगों से मिले, वे आपके उन विचारों को अवरुद्ध न करें, जो

आप प्राप्त कर सकते हैं। किसी भी बाधा को पार करनेवाला हमेशा कोई पहला व्यक्ति होता है। तो आप ही वह क्यों नहीं हो सकते हैं?

उच्च विद्यालय के उस नौजवान ने अपने जूते उतारे और नीचे उफनती नदी में कूद पड़ा। घबराया हुआ ट्रक ड्राइवर ट्रक का दरवाजा नहीं खोल सका। उस युवक ने ड्राइवर को खिड़की का शीशा नीचे करने का संकेत दिया, क्योंकि तब तक ट्रक लगभग पूरी तरह से डूब चुका था। ड्राइवर ने खिड़की का शीशा नीचे किया और उस युवक ने अपने वर्षों के प्रशिक्षण और अभ्यास के कारण अपनी हर एक मांसपेशी व अपनी ताकत का प्रयोग किया और उस ट्रक ड्राइवर को ट्रक से बाहर खींचा। उसने ड्राइवर को खींच निकाला और तैरकर उसे तट पर लाया। इस तरह उस ड्राइवर की जान बचाई।

> ***उच्च विद्यालय के उस नौजवान ने अपने जूते उतारे और नीचे उफनती नदी में कूद पड़ा। घबराया हुआ ट्रक ड्राइवर ट्रक का दरवाजा नहीं खोल सका। उस युवक ने ड्राइवर को खिड़की का शीशा नीचे करने का संकेत दिया, क्योंकि तब तक ट्रक लगभग पूरी तरह से डूब चुका था।***

वह जिमनास्ट उस रात उस राज्य स्तरीय मीटिंग में भाग नहीं ले पाया; लेकिन इससे कोई फर्क नहीं पड़ा, क्योंकि स्कूल अधिकारियों ने पहले ही प्रतियोगिता में उसके प्रवेश को प्रतिबंधित कर रखा था, क्योंकि उसके बाल लंबे थे।

शिक्षा : किसी व्यक्ति के चरित्र का आकलन उसके बालों की लंबाई से मत कीजिए।

मानव के प्रति दया-भाव से आपके और दूसरों के मन में भी पी.एम.ए. का विकास होता है। खुश रहने के लिए दूसरों को खुश रखिए।

काम करके सीखिए

सहनशीलता की आदत डालिए

लोग जैसे हैं, उन्हें उसी रूप में स्वीकार करने का रहस्य यह है कि आप वैसे ही काम करते हैं, मानो आप पहले से ही ऐसा करते हों। किसी ऐसे व्यक्ति का नाम सोचिए, जिन्हें स्वीकार करने में आपको परेशानी हुई थी और व्यक्ति का नाम नीचे लिखिए।

नाम---------------

अब अपने आपसे पूछिए, यदि वह जैसा है, जैसी है, उसे उसी रूप में स्वीकार कर लेता तो उसके प्रति मेरा व्यवहार कैसा रहता? मैं वास्तव में क्या करता? ठोस रूप में अपने उत्तर की परिकल्पना कीजिए। अब उसे कीजिए। कुछ लोग अपनी भावनाओं के अधीन होते हैं। उन्हें लगता है कि किसी के प्रति उनका व्यवहार तब तक प्रेम पूर्ण या सहनशीलतापूर्ण या जो भी हो, नहीं हो सकता है, जब तक कि वे पहले उन्हें पहले प्रेम, सहनशीलता और जो भी हो की सही भावना की कल्पना नहीं कर लेते। यह पिछड़ापन है। सकारात्मक मानसिक भाव की नई समझ अब आपको इस प्रकार से प्रशिक्षित करती है कि आप महसूस करते हैं कि आप जो महसूस करना चाहते हैं; कर सकते हैं। यद्यपि आप जो महसूस करना चाहते हैं, कर सकते हैं, लेकिन आप काम करने का फैसला कर सकते हैं। इसका दिलचस्प पहलू यह है कि इसके बाद भावनाएँ तेजी से आपके इच्छानुसार आती हैं।

अब अपने आपसे पूछिए, यदि वह जैसा है, जैसी है, उसे उसी रूप में स्वीकार कर लेता तो उसके प्रति मेरा व्यवहार कैसा रहता? मैं वास्तव में क्या करता? ठोस रूप में अपने उत्तर की परिकल्पना कीजिए। अब उसे कीजिए। कुछ लोग अपनी भावनाओं के अधीन होते हैं।

आत्म-मूल्यांकन

इन प्रश्नों पर विचार कीजिए—

1. आपके बगल के कार्यालय पर एक अशिष्ट विक्रय प्रबंधक का कब्जा है। हर बार जब उसका विक्रय प्रतिनिधि बिक्री के किसी लक्ष्य को प्राप्त करता है तो वह खुशी से चिल्लाने लगती है और हंगामा करती है। पूरा कार्यालय काम करना बंद कर देता है और उसकी ओर ताकने लगता है। आपकी क्या प्रतिक्रिया होती है ?

(क) अपने कार्यालय का दरवाजा बंद रखिए।

(ख) उसे बताइए कि वह कामकाज के अनुशासन में व्यवधान डाल रही है और उसे किसी और तरह से जश्न मनाने के लिए कहिए। हो सकता है कि वह अपने प्रतिनिधि को कोई मेल भेजे।

(ग) ऐसा कुछ कीजिए कि आप भी उसके उत्साह में शामिल हो जाइए, ताकि उसके जीवन में होनेवाली हर अच्छी चीज में आपकी साझेदारी हो।

आपका बेटा यह घोषणा करता है कि उसने उस युवा महिला के साथ सगाई कर ली है, जिससे आप मिले थे और पसंद भी किया था, लेकिन तभी आपको यह पता चलता है कि उसके माता-पिता एक राजनीतिक दल के साथ इस लक्ष्य के साथ सक्रिय रूप से जुड़े हैं, जिस कारण आप उसका विरोध करते हैं।

2. आपका बेटा यह घोषणा करता है कि उसने उस युवा महिला के साथ सगाई कर ली है, जिससे आप मिले थे और पसंद भी किया था, लेकिन तभी आपको यह पता चलता है कि उसके माता-पिता एक राजनीतिक दल के साथ इस लक्ष्य के साथ सक्रिय रूप से जुड़े हैं, जिस

कारण आप उसका विरोध करते हैं। आपकी क्या प्रतिक्रिया होती है?

(क) उनसे बचने का अपना श्रेष्ठ प्रयास कीजिए।

(ख) उन्हें बता दीजिए कि यह बेहतर है कि वे अपने किसी भी हास्यास्पद विचार को आप तक न लाएँ।

(ग) अपने सामान्य संबंधों के आधार पर उनसे मित्रता कीजिए और यह महसूस कीजिए कि आपके पास लोगों को जानने का एक मौका है, जिनके साथ हो सकता है कि अन्यथा कभी भी आप कुछ साझेदारी नहीं कर सकते हैं।

3. आपके पड़ोस में यह आवेदन बाँट दिया गया है कि स्थानीय अधिकारियों को उस गली में स्थित एक घर, जिसमें आँगन की कभी सफाई नहीं की जाती है और वहाँ कूड़ा इकट्ठा होता रहता है, जो कुछ करने के लिए विवश किया जाए। आप क्या करते हैं?

(क) अन्य लोगों की समस्याओं से खुद को अलग रखिए और उस आवेदन पर हस्ताक्षर नहीं कीजिए।

(ख) आवेदन पर हस्ताक्षर कीजिए।

(ग) अपने उस पड़ोसी के घर जाने का प्रस्ताव कीजिए और उसे बताइए कि लोगों को किस चीज से परेशानी हो रही है और उनसे पूछिए कि सरकार को इस समस्या के समाधान में सम्मिलित करने से पहले आप इसका कुछ कर सकते हैं।

4. आपके विभाग में एक नई महिला शामिल होती है। वह अपना काम अच्छी तरह करती है; लेकिन एक बार यह अफवाह फैल जाने के बाद कि वह महिला समलैंगिक है, अन्य कर्मचारी उससे दूर रहने लगते हैं। आप इस पर किस तरह प्रतिक्रिया करते हैं?

(क) अफवाह की अनदेखी कीजिए।

(ख) उसे बताइए कि लोग उसके बारे में क्या कर रहे हैं और सलाह दीजिए कि हो सकता है कि किसी अन्य कंपनी में

काम करके वह ज्यादा खुश रहे।

(ग) उसे भोजन पर आमंत्रित कीजिए और उसे अच्छी तरह जानिए। उसे बताइए कि आप उसके काम से कितना खुश हैं और उससे पूछिए कि ऑफिस में यदि कोई समस्या है तो वह आपको बताए।

सहनशीलता एक कठिन समस्या हो सकती है, विशेषकर उस ध्रुवीकृत समय में, जिसमें हम जी रहे हैं। विषय कोई भी हो, कई लोगों की उसके प्रति भावनाएँ तीव्र होती हैं, जो उनकी निर्णय क्षमता को प्रभावित करती हैं और जिसके कारण वे उपस्थित समस्याओं को देख नहीं पाते हैं। पी.एम.ए. होने का तात्पर्य यह नहीं है कि आप जिनसे भी मिलें, उनके सिद्धांत को अपना लें; लेकिन इसका अभिप्राय यह जरूर है कि आप उन लोगों के प्रति अपनी प्रतिक्रिया को लंबी व गहरी नजर से देखें। अपने आपसे पूछिए, क्या मेरी भावनाओं का इन लोगों के साथ मेरे संबंधों से कुछ लेना-देना है? क्या किसी विशेष मुद्दे का संबंध इलेक्ट्रॉनिक उपकरणों की बिक्री से, अच्छे पड़ोसी होने से या स्वर्णिम नियमों के साथ जीने से है?

सहनशीलता एक कठिन समस्या हो सकती है, विशेषकर उस ध्रुवीकृत समय में, जिसमें हम जी रहे हैं। विषय कोई भी हो, कई लोगों की उसके प्रति भावनाएँ तीव्र होती हैं, जो उनकी निर्णय क्षमता को प्रभावित करती हैं और जिसके कारण वे उपस्थित समस्याओं को देख नहीं पाते हैं।

सहनशीलता पी.एम.ए. का या जीवन के किसी भी हिस्से का निष्क्रिय हिस्सा नहीं है। जैसा कि पहले ही नाजी जर्मनी के रेवरेंड मार्टिन नेमोलर के उदाहरण में दिखाया गया है, असहनशीलता की शक्तियाँ अच्छे लोगों की निष्क्रियता पर निर्भर करती हैं। ऊपर 'क'

के अंतर्गत दी गई प्रतिक्रिया व्यापक रूप में इस तरह की प्रतिक्रिया का प्रतिनिधित्व करती है। पहले उदाहरण में, यद्यपि किसी ऐसी स्थिति से खुद को बचाना, जो आपके लिए असहज लगता हो, आपको वास्तव में एक ऐसे अवसर से वंचित कर देता है, जो आपको दूसरे से सीखने और फैलनेवाले उत्साह के फायदे में साझेदारी से वंचित कर देता है।

यदि आप अपने और उन लोगों के बीच के अतिरिक्त मतभेद को दूर करने का प्रयास करते हैं तो आप इस तरह की समझ जैसी किसी चीज को हासिल नहीं कर सकते हैं। ऐसे लोगों के साथ जो श्रेष्ठ चीज आप हासिल कर सकते हैं, वह है मित्रवत समझौता; लेकिन वह भी असंभव होगा। यदि आप 'ख' के अंतर्गत दी गई प्रतिक्रिया की तरह कोई चुनौती पेश करते हैं तो टकराव की धमकी के कारण आपका उनके साथ सभी संवाद बेकार होगा यह अपने आपको सकारात्मक विचारों से दूर रखने का एक निश्चित तरीका है, जिसको आपको अपने लक्ष्य की प्राप्ति के लिए विकसित करने की जरूरत है।

यदि आप अपने और उन लोगों के बीच के अतिरिक्त मतभेद को दूर करने का प्रयास करते हैं तो आप इस तरह की समझ जैसी किसी चीज को हासिल नहीं कर सकते हैं। ऐसे लोगों के साथ जो श्रेष्ठ चीज आप हासिल कर सकते हैं, वह है मित्रवत समझौता; लेकिन वह भी असंभव होगा।

सहनशीलता से झगड़े की संभावना खत्म नहीं हो जाती; लेकिन आपकी काररवाई 'ग' के अंतर्गत दी गई प्रतिक्रिया की तरह है तो दूसरे लोगों को यह पता चल जाएगा कि आप उनका सम्मान करते हैं। आप उनसे बदले में मिलनेवाले सम्मान पर भरोसा कर सकते हैं। इस सहज आदान-प्रदान से हजारों रास्ते निकल आते हैं, जिनकी सहायता से आप लोगों के साथ काम कर सकते हैं, जिनमें हो सकता है कि अन्यथा आप

बात भी नहीं कर पाते। आप लोगों के बीच विचारों में अंतर संभवत: बना रहेगा, लेकिन कौन जानता है कि उस दूसरे व्यक्ति से आपको इतना सम्मान मिले, सहायता मिले, जिससे आपके विचारों में ही बदलाव आ जाए। पी.एम.ए. के साथ सबकुछ संभव है।

छोटे-मोटे तरीके, जो आपने यहाँ सीखे, वह 'बाइबिल' की इस उक्ति 'अपने शत्रुओं से प्यार करो' की कुंजी भी है। मैं अपने शत्रु से कैसे प्यार करूँ? जैसे मैंने पहले ही किया है, वैसा करें। अब क्या था, देखो, यह भावना आएगी। क्या आपका कोई शत्रु है, जिसपर आप यह आजमाना चाहेंगे?

बोनस : छोटे-मोटे तरीके, जो आपने यहाँ सीखे, वह 'बाइबिल' की इस उक्ति 'अपने शत्रुओं से प्यार करो' की कुंजी भी है। मैं अपने शत्रु से कैसे प्यार करूँ? जैसे मैंने पहले ही किया है, वैसा करें। अब क्या था, देखो, यह भावना आएगी। क्या आपका कोई शत्रु है, जिसपर आप यह आजमाना चाहेंगे? नीचे नाम लिखिए और इसे आजमाइए—

नाम : --------------

शाम को इस प्रार्थना पर विचार कीजिए—

क्या आपने किसी को खुश किया है या नाखुश किया है?

आज आपके पास जो दिन था, उसमें आपने क्या किया है?

क्या आपने वह किया है, जो बुरा है या वह किया है, जो अच्छा है?

क्या आपने किसी को देखकर मुसकराया है या भौंहें सिकोड़ी हैं?

क्या आपने किसी को ऊपर उठाया है या किसी को नीचे गिराया है?

क्या आपने किसी का बोझ हलका किया या किसी की प्रगति को बाधित किया?

क्या आपने किसी गुलाब की तलाश की या खरपतवार ही इकट्ठे करते रहे?

इस सुंदर दिन में आपने क्या किया?
ईश्वर ने इसे आपको दिया।
क्या आपने इसे बरबाद कर दिया?

(अज्ञात लेखक)

विद्वानों के कथन

"कोई बुद्धिमान ही किसी बुद्धिमान को पहचान सकता है।"

—जिनोफेंस

"हमें यह बुद्धि दीजिए कि हम इतना ज्यादा समझे जाने के बजाय समझने की कोशिश करें।"

—सेंट फ्रांसिस ऑफ असिसि

"वे सभी अच्छे काम कीजिए, जो आप कर सकते हैं—
उन सभी संसाधनों की सहायता से, जो आप कर सकते हैं।
उन सभी तरीके से, जो आप कर सकते हैं।
उन सभी जगहों पर, जहाँ आप कर सकते हैं।
वे सभी समय, जब आप कर सकते हैं।
उन सभी लोगों के साथ, जिनके साथ आप कर सकते हैं।
उतने लंबे समय तक, जब तक कि आप कर सकते हैं।"

—जॉन वेसले

"शिष्टता से कभी भी किसी का नुकसान नहीं हुआ है। यह सबसे सस्ती खुशी है, जिसकी कोई कीमत नहीं है और यह बहुत कुछ देता है। इससे उन दोनों को खुशी मिलती है, जो देता है और जो प्राप्त करता है। इस तरह दया की तरह दुगुनी प्राप्ति होती है।"

—इरेसटस वाइमन

"बहुत सारे लोग यह सोचते हैं कि वे सोच रहे हैं, जबकि वे तो अपने पक्षपातों को मात्र पुनः व्यवस्थित कर रहे हैं।"

—विलियम जेम्स

सातवाँ सूत्र : स्वयं को सकारात्मक सलाह दीजिए

अपने मस्तिष्क को इस तरह से प्रशिक्षित कीजिए कि यह हर समय ही सकारात्मक भाव को अभिव्यक्त करे। आपको यह मालूम होना चाहिए कि आप उन्हीं विचारों या भावनाओं को भौतिक सत्य के रूप में परिवर्तित करते हैं, जो हमेशा आपके मन में रहती हैं। आपने शायद यह कहावत सुनी होगी, "आप मुझे वह बताइए, जिसके बारे में आप सोच रहे हैं और मैं आपको यह बताऊँगा कि आप कौन हैं।" इसमें विलियम जेम्स के इस कथन की गूँज मिलती है, 'हम वही बनते हैं, जो हम अधिकांश समय सोचते हैं।'

> ***आपका अवचेतन मन उन संदेशों को आपके चेतन मन को भेज सकता है और भेजेगा। धारणाएँ, विचार, समस्याओं के समाधान—ये सभी आपके सजग ज्ञान में आने की प्रतीक्षा में रुके उपहार हैं। इससे भी बढ़कर आपका मस्तिष्क ज्ञात और अज्ञात शक्तियों का भंडार है।***

आपका अवचेतन मन उन संदेशों को आपके चेतन मन को भेज सकता है और भेजेगा। धारणाएँ, विचार, समस्याओं के समाधान—ये सभी आपके सजग ज्ञान में आने की प्रतीक्षा में रुके उपहार हैं। इससे भी बढ़कर आपका मस्तिष्क ज्ञात और अज्ञात शक्तियों का भंडार है। आपका चेतन एवं अवचेतन दोनों मन तालमेल के साथ मिलकर एक साथ तभी काम कर सकते हैं, जब आपको मालूम हो कि अपने मस्तिष्क को बुद्धिमानी के साथ कैसे प्रभावित करें। अपनी पुस्तकें 'सक्सेस थ्रू अ पॉजिटिव मेंटल एटीट्यूड'

में नेपोलियन हिल और डब्ल्यू. क्लीमेंट स्टोन ने यह समझाया है कि सजग रूप से सकारात्मक मानसिक भाव बनाए रखने के लिए आपको अपने मस्तिष्क को प्राप्त होनेवाले बाह्य उत्प्रेरक पर नियंत्रण रखना चाहिए। तीन प्रकार के नियंत्रण हैं, जो आप कर सकते हैं—सलाह, आत्म-सलाह और स्व-सलाह।

सलाह

मस्तिष्क द्वारा आपके पाँच संवेदी अंगों—दृश्य, श्रव्य, स्पर्श, स्वाद या गंध द्वारा भेजा गया कोई भी उत्प्रेरक एक प्रकार की सलाह है। ये सभी वे माध्यम हैं, जिनके द्वारा बाहरी तत्त्व दिन-प्रतिदिन के जीवन में आपको प्रभावित करते हैं।

मस्तिष्क द्वारा आपके पाँच संवेदी अंगों—दृश्य, श्रव्य, स्पर्श, स्वाद या गंध द्वारा भेजा गया कोई भी उत्प्रेरक एक प्रकार की सलाह है। ये सभी वे माध्यम हैं, जिनके द्वारा बाहरी तत्त्व दिन-प्रतिदिन के जीवन में आपको प्रभावित करते हैं। वे सारी चीजें जो आपके संपर्क में आती हैं, वे इन पाँच संवेदी अंगों द्वारा आपके अवचेतन मन में अंकित कर दी जाती हैं। जितना ज्यादा यह आपके नियंत्रण में होता है, आपके पाँचों संवेदी अंगों के संपर्क में जो चीज आती है, वह पूर्ण और संतोषपरक हो। सौंदर्य के लिए समय निकालिए।

आत्म-सुझाव

आत्म-सुझाव एक प्रक्रिया है, जिसके द्वारा दृश्य, श्रव्य, संवेदना, स्वाद और गंध के रूप में उद्देश्यपरक एवं जान बूझकर अपने आपको उत्प्रेरक देना। आत्म-सुझाव के रूप में मानसिक आकृति या विचारों का

प्रयोग कीजिए। 'सुझाव' के अंतर्गत आपको यह चेतावनी दी गई है कि आपके पाँच संवेदी अंगों के माध्यम से जो कुछ भी आपके संपर्क में आता है, वह पूर्ण और संतोषपरक हो। आपके मन में शायद यह विचार आता है, 'लेकिन संसार में खुद ही इतनी अपरिहार्य कुरूपता है।' यहीं पर आत्म-सुझाव काम करता है और पी.एम.ए. का अंतर्निहित सिद्धांत भी। आप जो भी देखते या सुनते हैं या स्वाद लेते हैं या गंध लेते हैं या अनुभव लेते हैं, उनमें अच्छाई की तलाश कीजिए। जितना ज्यादा आप उद्देश्यपूर्ण ढंग से किसी संदेश को खुद दोहराते हैं और उसमें जितना ज्यादा अपनी भावना और अपना विश्वास डालते हैं, उतना ही ज्यादा प्रभावशाली रूप से यह आपके अवचेतन मन में बैठ जाता है। सफल विचार व्यवस्था का निर्माण कर उसी बड़े सच को आप अपने लिए कारगर सिद्ध कर सकते हैं, जैसा कि अनेक सफल लोगों ने किया है।

आज से आप भी अपनी कमजोरियों पर हँसेंगे। आज से आप भी अपने आपको इतनी गंभीरता से नहीं लेंगे। आज से आप तनाव से मुक्त होने के लिए अपने हास्य ज्ञान का विकास करेंगे, ताकि प्रतिदिन किसी चीज पर हँस सकें। आज से आप अपने विनोदपूर्ण भाव के कारण नए-नए मित्र बनाएँगे।

क्या सफल व्यक्ति जीने के कुछ विशेष रहस्य जानते हैं ? वे किसी वस्तु के विचित्र पक्ष की तलाश करते हैं। आज से आप भी करेंगे। आज से आप भी अपनी कमजोरियों पर हँसेंगे। आज से आप भी अपने आपको इतनी गंभीरता से नहीं लेंगे। आज से आप तनाव से मुक्त होने के लिए अपने हास्य ज्ञान का विकास करेंगे, ताकि प्रतिदिन किसी चीज पर हँस सकें। आज से आप अपने विनोदपूर्ण भाव के कारण नए-नए मित्र बनाएँगे। आज से आप अपनी समस्याओं के समाधान के रूप में हास्य का प्रयोग करेंगे।

स्व-सुझाव

स्व–सुझाव आपके अवचेतन मन में संचित सूचनाओं का चेतन मन को संचारित और प्रसारित किया जाना है। यह सूचना आपके पास विचार, स्वप्न, भावना, धारणा, सिद्धांत, समाधान और विचारों के रूप में वापस आती है। जब आप जान–बूझकर अपने मन में अच्छे पूर्ण विचार डालते हैं और अपने मस्तिष्क की अवस्था को सही रखते हैं तो अपने लिए पौष्टिक तत्त्व प्राप्त करने के लिए अपने अवचेतन मन को भी पौष्टिक तत्त्वों की आपूर्ति करते हैं। आप अपने मन से प्राप्त होनेवाले प्रतिफल को अपनी प्रतिक्रिया देकर प्रशिक्षित करते हैं।

> ***स्व–सुझाव आपके अवचेतन मन में संचित सूचनाओं का चेतन मन को संचारित और प्रसारित किया जाना है। यह सूचना आपके पास विचार, स्वप्न, भावना, धारणा, सिद्धांत, समाधान और विचारों के रूप में वापस आती है।***

कंप्यूटर प्रोग्राम एक शब्द 'गीगो' (Gigo) का प्रयोग करते हैं, जो 'Garbage in, Garbage' का संक्षिप्त रूप है। यदि किसी कंप्यूटर में कोई गलत डाटा डाला जाता है तो वह गलत सूचनाएँ देता है। आपका मस्तिष्क भी इसी तरह काम करता है। अपने मस्तिष्क की प्रोग्रामिंग नीनो (Nino) के आधार पर कीजिए—Nourishment In, Nourishment Ount और यह प्रतिफल सकारात्मक मानसिक भाव को बनाए रखने की स्वचालित प्रक्रिया है।

अपने फायदों की कल्पना कीजिए

बॉब पेरिस, एक अंतरराष्ट्रीय शरीर सौष्ठव चैंपियन, पूर्व मी. ओलिंपयन हैं और एक ऐसे व्यक्ति, जिन्होंने प्रशिक्षण पर लिखी अपनी एक पुस्तक के परिचय में नेपोलियन हिल की इस प्रसिद्ध उक्ति के

प्रति आभार व्यक्त किया है, "आपका मस्तिष्क जिस चीज की कल्पना कर सकता है और जिस पर विश्वास कर सकता है, वह उसे हासिल कर सकता है।"

पेरिस ने अपने व्यायाम की दिनचर्या में आत्म-सुझाव, स्व-सुझाव की शक्तियों को भी शामिल किया और वह इस बात पर जोर देते हैं, जो भी प्रशिक्षण में लगाए गए अपने प्रयासों का अधिकतम फायदा उठाना चाहते हैं, उन सभी के लिए यह महत्त्वपूर्ण है। "आपको अपने व्यायाम में पूर्णता हासिल करना सीखना चाहिए और मांसपेशियों द्वारा किए जा रहे व्यायाम को महसूस करना चाहिए।" उन्होंने बताया। वह इसे मांसपेशियों को 'ढूँढ़ निकालना' कहते हैं, ताकि संकुचन की पराकाष्ठा पर आपका ध्यान मांसपेशियों के कार्य पर केंद्रित होना चाहिए, सचमुच में इस बात की परिकल्पना करते हुए कि यह विकसित और मजबूत हो रहा है।

पेरिस ने अपने व्यायाम की दिनचर्या में आत्म-सुझाव, स्व-सुझाव की शक्तियों को भी शामिल किया और वह इस बात पर जोर देते हैं, जो भी प्रशिक्षण में लगाए गए अपने प्रयासों का अधिकतम फायदा उठाना चाहते हैं, उन सभी के लिए यह महत्त्वपूर्ण है।

पेरिस यह सलाह देते हैं, "आप व्यायाम करते हुए किसी भी समय अपनी मांसपेशी को नहीं 'ढूँढ़' सकते हैं, रुकिए…सही अनुभूति के स्पर्श को वापस हासिल कीजिए।" सभी काम पी.एम.ए. के साथ करने के लिए अच्छी सलाह।

काम करके सीखिए

स्वयं को सकारात्मक सुझाव दीजिए

सुझाव, आत्म-सुझाव और स्व-सुझाव आदत की बातें हैं, जिन्हें हम ध्यान देकर सीख सकते हैं। सुझाव और आत्म-सुझाव नई आदतें हैं, जिन्हें आप बना सकते हैं। वे मस्तिष्क के लिए भोजन-समान हैं। स्व-सुझाव वह है, जिसके लिए ध्यान की जरूरत होती है—जब आपके सकारात्मक मानसिक भाव से किसी नए विचार और भावना का जन्म होता है तो उससे आनंदित होना चाहिए।

सुझावः यह नियम बना लीजिए कि प्रतिदिन आप अपने पाँच संवेदी अंगों में से कम-से-कम एक को कुछ सकारात्मक और बहुमूल्य सीखने के लिए प्रयोग करेंगे। एक फूल का अध्ययन कीजिए। बेकरी जाइए और वहाँ की सुगंध को साँसों में भरिए। किसी संगीत कार्यक्रम में जाइए और रेडियो पर कोई सुंदर गीत/ संगीत या वार्त्ता कुछ भी सुनिए। रोटी की सुगंध का पूरा स्वाद लीजिए, मानो यह एकमात्र भोजन है, जो आज के दिन आपको मिलेगा। वृक्ष की छाल की बनावट को महसूस कीजिए। अपने संवेदी अंगों को सकारात्मक पौष्टिकता देने के लिए आज आप क्या करने जा रहे हैं?

सुझाव, आत्म-सुझाव और स्व-सुझाव आदत की बातें हैं, जिन्हें हम ध्यान देकर सीख सकते हैं। सुझाव और आत्म-सुझाव नई आदतें हैं, जिन्हें आप बना सकते हैं। वे मस्तिष्क के लिए भोजन-समान हैं।

सुझाव :-------------------

स्व-सुझाव : जब स्व-सुझाव की बात करनी हो तो सचेत जागरूकता का होना जरूरी है। बहुत सारे लोग विचारों, धारणाओं, समाधानों और अच्छी अनुभूतियों के प्रति बहुत ही लापरवाही का दृष्टिकोण रखते हैं; लेकिन आप ऐसा नहीं कर सकते। आप इनका

आनंद लेंगे। देखिए, यह तो बस वही है, जिस तरह के व्यक्ति आप हैं। अपने पास कुछ समय के लिए सकारात्मक मानसिक भाव के विकास का एक लेखा-जोखा रखिए : आज अपने अवचेतन मन को 'अच्छे भोजन' के रूप में आपने क्या खिलाया?

स्व-सुझाव-------------

आत्म-मूल्यांकन

निम्नलिखित परिस्थितियों पर विचार कीजिए—

1. अभी-अभी आपको यह पता चला है कि जिस पदोन्नति की आपको बहुत जरूरत थी, वह किसी और को मिल गई है। आप किस तरह की प्रतिक्रिया करते हैं?

(क) जितना जल्दी संभव हो, काम पर वापस जाइए। हार को गले मत लगाइए।

(ख) त्याग-पत्र देने पर विचार कीजिए या कम-से-कम ऐसी नौकरी तलाश कीजिए, जिसमें आपके प्रयासों की सराहना की जाए।

(ग) दूसरे व्यक्ति को बधाई दीजिए और फिर कुछ समय अपनी उपलब्धियों का मूल्यांकन करते हुए स्वयं को याद दिलाइए कि जो आप चाहते थे, वह नहीं हुआ।

2. अपने जीवन साथी के साथ आपकी आज सुबह हुई लड़ाई कुछ ज्यादा ही बढ़ गई और आप दोनों ने ही कुछ कठोर शब्दों का प्रयोग किया। शाम को घर आनेवाले आप पहले व्यक्ति हैं। जब आपका जीवन साथी घर वापस आता है तो आपकी क्या प्रतिक्रिया होती है?

(क) इस तरह दिखावा कीजिए कि कुछ भी गलत नहीं हुआ है।

(ख) अगला पल बीतने से पहले ही बात को दबाने पर जोर देते हैं।

(ग) सुझाव दीजिए कि किसी शांत वातावरण में रात को भोजन एकसाथ करेंगे, ताकि आप दोनों ही स्वयं को यह याद दिला सकें कि आप जीवन साथी हैं और कई अच्छी चीजों में आप साझेदार हैं।

3. आपने अपनी चर्च के युवा समूह के भ्रमण में उनके प्रमुख के रूप में जाने का फैसला किया है; लेकिन अंतिम क्षणों में आपको पता चलता है कि इसमें रोलर ब्लेडिंग भी शामिल है। आपने अपने जीवन में कभी भी स्केटिंग नहीं की है। आपका दृष्टिकोण क्या है?

(क) अपेक्षाओं पर खरा उतरने में विफल रहने के लिए अपनी तत्परता दिखाइए।

(ख) अपने वायदों से मुकर जाइए।

(ग) यात्रा से कुछ दिन पहले एक जोड़ी स्केट भाड़े पर लीजिए और अपनी सड़क पर ही थोड़ा अभ्यास कीजिए।

4. आपके नए कार्यालय में यह आपका पहला दिन है। आप दीवार पर लिखकर रखना चाहेंगे, जहाँ आप आसानी से इसे देख सकें।

(क) अपनी योग्यता को दरशानेवाला दस्तावेज।

(ख) अपनी नौकरी का विवरण।

(ग) अपनी आत्म-प्रेरक और प्रभावशाली विचारों की सूची।

यह सुनिश्चित करने के लिए आपको हमेशा इस तरह काम करना चाहिए कि आप अपने पी.एम.ए. बनाए रखने के लिए स्वयं को सही तरह का प्रेरक दे रहे हैं। किसी भी परिस्थिति में, जैसा कि 'क' के अंतर्गत दी गई प्रतिक्रियाओं में यह स्वीकार करना कि आपको किसी प्रकार के प्रोत्साहन और प्रेरणा की जरूरत नहीं है, लेकिन जब कुछ गड़बड़ होती है तो ऐसी स्थिति में यह आपको परेशानी में डालती है। पी.एम.ए निष्क्रिय मानसिक भाव नहीं है। यह एक सक्रिय भाव है।

आपको अपने आपको ऐसी सुझाव देने से भी बचाना है, जिसके

विफल होने की या निराशा हाथ लगने की संभावना हो 'ख' के अंतर्गत दी गई प्रतिक्रियाएँ वे तरीके हैं, जिनके द्वारा आप अपने आपको यह बता सकते हैं कि असफलता पास ही है और आप जितना ज्यादा असफलता की तलाश करते हैं, उतना ही ज्यादा आपके लिए विफलता का पता लगाना आसान हो जाता है।

जब कभी भी आप पाते हैं कि स्व-सुझाव आपके लिए कारगर हो रही है, उसका लेखा-जोखा रखिए। इससे हो सकता है कि आपको किसी समस्या का समाधान, किसी नए कार्य को पूरा करने का विचार मिल सकता है। जैसे-जैसे आपका लेखा-जोखा बढ़ता जाता है, आपको इस बात का प्रमाण भी मिलता जाएगा कि आपके मानसिक भाव का सफलता की ओर बढ़ते आपके कदम पर किस तरह प्रभाव है।

'ग' के अंतर्गत दी गई प्रतिक्रियाओं से स्थिति को आपके द्वारा नियंत्रण लिये जाने को दिखाया गया है, ताकि आप अपने मस्तिष्क को सफलता के बारे में सोचने, चीजों को हासिल करने में अपनी योग्यता के बारे में और आगे बढ़कर जटिलताओं पर नियंत्रण करने के लिए प्रेरित कर सकें। नकारात्मक विचारोंवाले व्यक्ति इसे एक निष्फल प्रयास कह सकते हैं; लेकिन पी.एम.ए. के थोड़े से अनुभव से ही आपको यह मालूम हो जाएगा कि आप अपने लिए जो भी लक्ष्य निर्धारित करते हैं, उसे हासिल करने में आप समर्थ हैं।

बोनस : जब कभी भी आप पाते हैं कि स्व-सुझाव आपके लिए कारगर हो रही है, उसका लेखा-जोखा रखिए। इससे हो सकता है कि आपको किसी समस्या का समाधान, किसी नए कार्य को पूरा करने का विचार मिल सकता है। जैसे-जैसे आपका लेखा-जोखा बढ़ता जाता है,

आपको इस बात का प्रमाण भी मिलता जाएगा कि आपके मानसिक भाव का सफलता की ओर बढ़ते आपके कदम पर किस तरह प्रभाव है।

विद्वानों के कथन

"कोई व्यक्ति जैसा है, यदि आप उसके साथ वैसा ही व्यवहार करते हैं तो वह जैसा है वैसा ही रहेगा; लेकिन यदि आप उसके साथ इस तरह व्यवहार करते हैं, जैसा उसे आपके अनुसार होना चाहिए तो हो सकता है कि वह वैसा ही बन जाए, जैसा आप उसे देखना चाहते हैं।"

अपने शरीर की हर गतिविधि में ऊर्जा, उत्साह, बल और तेजस्विता डालिए। अपने परिवेश को वैसा ही होने दीजिए, जो कि किसी और ही तरह और कोई और ही होने के लिए संकल्पित है। भीड़ से बाहर निकलने का साहस कीजिए और अपने पथ को आलोकित कीजिए।

"मानव को बहुत खुशी बड़े सौभाग्य से नहीं मिलती है, जो कभी-कभी ही होता है, जितनी कि दिन-प्रतिदिन होनेवाली छोटी-छोटी चीजों से मिलती है।"

—बेंजामिन फ्रैंकलिन

"अपने शरीर की हर गतिविधि में ऊर्जा, उत्साह, बल और तेजस्विता डालिए। अपने परिवेश को वैसा ही होने दीजिए, जो कि किसी और ही तरह और कोई और ही होने के लिए संकल्पित है। भीड़ से बाहर निकलने का साहस कीजिए और अपने पथ को आलोकित कीजिए।"

—स्वेट मार्डन

"आपका मस्तिष्क जिस चीज की कल्पना कर सकता है और जिस पर विश्वास कर सकता है, पी.एम.ए. के साथ आप उसे हासिल भी कर सकते हैं।"

—नेपोलियन हिल

"महानता की आकांक्षा कीजिए। हम सभी जीवन के इस साहसपूर्ण सफर की सड़क पर एक बार यात्रा करने वाले हैं; लेकिन यदि आप इसे अच्छी तरह करते हैं तो एक बार ही काफी है।"

—जे. वारेन मैक्किलयूर

"यदि आपको यह मालूम हो कि आप सफल नहीं हो सकते तो आप क्या करने का प्रयास करेंगे"

—रॉबर्ट शूलर

"मेरा सिद्धांत यह है कि अपने जीवन के लिए आप और सिर्फ आप ही जिम्मेदार हैं; लेकिन इस क्षण श्रेष्ठ करके अगले क्षण आप अपने आपको श्रेष्ठ जगह पहुँचा सकते हैं।"

—ओप्रा विनफ्रे

आठवाँ सूत्र : अपनी प्रार्थना की शक्ति का प्रयोग कीजिए

हो सकता है कि ईश्वर के अस्तित्व के प्रति आप अनिश्चित होंगे, या हो सकता है कि आपको यह विश्वास भी हो कि उसका कोई अस्तित्व ही नहीं है; लेकिन आपको प्रार्थना की शक्ति में विश्वास दिलाने के लिए कुछ आशावादी प्रयोग करने होंगे।

> ***हो सकता है कि ईश्वर के अस्तित्व के प्रति आप अनिश्चित होंगे, या हो सकता है कि आपको यह विश्वास भी हो कि उसका कोई अस्तित्व ही नहीं है; लेकिन आपको प्रार्थना की शक्ति में विश्वास दिलाने के लिए कुछ आशावादी प्रयोग करने होंगे।***

इससे कोई फर्क नहीं पड़ता कि उस श्रेष्ठ सत्ता को, जिससे आप प्रार्थना करते हैं, क्या नाम देते हैं, या बस ब्रह्मांड ही है, जब तक कि आप यह स्वीकार नहीं कर लेते हैं कि पूरी संरचना की रचना एक व्यवस्थित प्रक्रिया द्वारा की गई है। आप इन

तथ्यों में प्रतिक्रियाओं को देखते हैं कि सूर्य उगता है कि ओक्स ओक के वृक्ष के बीजों से उगते हैं, न कि सेब के बीजों से और यह कि ग्रह, सूर्य और तारे अंतरिक्ष के विशाल शून्य में नियमित और निश्चित मार्ग में परिक्रमा करते हैं।

एक बार जब आप विश्व की व्यवस्था को स्वीकार कर लेते हैं तो आप देखेंगे कि इसे समझा जा सकता है और इस प्रकार नियमों के भीतर काम करके इसे बदला भी जा सकता है। प्रार्थना वह प्रक्रिया है, जिसके द्वारा आप उस व्यवस्था के भीतर अपने स्थान को स्वीकर करते हैं और इसे बदलने के लिए अपने आपको तैयार करना शुरू कर देते हैं।

एक बार जब आप विश्व की व्यवस्था को स्वीकार कर लेते हैं तो आप देखेंगे कि इसे समझा जा सकता है और इस प्रकार नियमों के भीतर काम करके इसे बदला भी जा सकता है। प्रार्थना वह प्रक्रिया है, जिसके द्वारा आप उस व्यवस्था के भीतर अपने स्थान को स्वीकर करते हैं और इसे बदलने के लिए अपने आपको तैयार करना शुरू कर देते हैं। आप जितना ज्यादा ईश्वर और उसकी उदारता को स्वीकर करते हैं, उतना ही अच्छा है; लेकिन यदि आप इस पर संदेह भी करते हैं और वह संदेह बहुत देर तक नहीं रहेगा, आप फिर भी प्रार्थना द्वारा उदाहरण के लिए जैसे नीचे दी गई है, अपने आपको उपलब्धि के लिए तैयार करेंगे :

हे मालिक! मेरी सुबह की प्रार्थना को सुन ले
मुझे अपनी मदद दीजिए
कि मैं आज अपना जीवन
आपके लिए स्वीकार्य बनाऊँ।
मैं अपना रास्ता चुनने के लिए आपको नहीं कहता।
हे ईश्वर! आप मुझ पर उपकार कीजिए,

मेरे विचारों को प्रेरित कर दीजिए
और मेरे दिन को अच्छा।

हमें उन कामों को करने में हमारी मदद कीजिए, जो हमें करने चाहिए।

दूसरों के प्रति दयालु और अच्छा बनूँ
हम जो कुछ भी करते हैं, काम या खेल जो भी
हर दिन और अच्छा इनसान बनूँ।
अंततः भाई, जो कुछ भी सच है,
जो कुछ भी उचित है,
जो कुछ भी शुद्ध है,
जो कुछ भी सुंदर है,
जिन चीजों में भी अच्छाई है,
यदि कोई भी गुण है और कोई भी प्रशंसा है
इन चीजों के बारे में सोचिए।

जब आप प्रार्थना करते हैं तो विश्वास रखिए और इस बात का यकीन भी कि जो आप माँग रहे हैं,

हमें यह आश्वासन होता है कि हम जो भी प्रार्थना करते हैं, उसके माध्यम से हमारी बात सुनी जाएगी; क्योंकि हम उस ईश्वर की प्रार्थना करते हैं, जो प्रार्थना को सुनता है और जो कुछ भी उसके पास आता है, वह उसे उपकृत करता है।

हर तूफान में जैसे किसी शरण की होती है, उसी तरह हर प्रार्थना की भी आत्मा होती है।

आर्क बिशप यूजर ने यह बताया, "हमें यह आश्वासन होता है कि हम जो भी प्रार्थना करते हैं, उसके माध्यम से हमारी बात सुनी जाएगी; क्योंकि हम उस ईश्वर की प्रार्थना करते हैं, जो प्रार्थना को सुनता है और जो कुछ भी उसके पास आता है, वह उसे उपकृत करता है।"

विश्वास कीजिए कि ईश्वर वह सबकुछ सुनना चाहता है, जो आपके मन में है। इससे कोई अंतर नहीं पड़ता कि कोई बात कितनी

छोटी या बड़ी लगती है। एक जब ऊपर आता है तो दूसरा नीचे जाता है। प्रार्थना आत्मा के लिए एक कवच है, ईश्वर के लिए त्याग है और शैतान के लिए सजा।

प्रार्थना की रचनात्मक शक्ति

मेल जाइगलर बनाना रिपब्लिक कपड़े की दुकानों की श्रृंखला के संस्थापक थे और बाद में एक अत्यंत सफल कंपनी 'द रिपब्लिक ऑफ टी' के संस्थापक भी बने, जिसने कि अमेरिकियों के इस प्राचीन पेय के प्रति दृष्टिकोण और पीने के तरीके को ही बदल दिया।

"कोई चीज, जो पहले से ही है, निर्माण उसकी परिकल्पना है।" वह लिखते हैं—"वह महान् रहस्य, जिसे हम रचनात्मक प्रक्रिया के रूप में जानते हैं, वह वास्तव में किसी अजन्मे की किसी उचित स्थान में जन्म लेने की तलाश की हलचल है।"

जाइगलर ने उपभोक्ताओं के स्वाद में दो बार बदलाव पाया और बदलाव किया। कोई यह भी कह सकता है कि वह नया चलन शुरू करते हैं। लेकिन सुनिए, प्रेरणा के बारे में वह क्या कहना चाहते हैं और सोचिए कि इसका प्रार्थना से कितना निकट का संबंध है।

"कोई चीज, जो पहले से ही है, निर्माण उसकी **परिकल्पना** है।" वह लिखते हैं—"वह महान् रहस्य, जिसे हम रचनात्मक प्रक्रिया के रूप में जानते हैं, वह वास्तव में किसी अजन्मे की किसी उचित स्थान में जन्म लेने की तलाश की हलचल है।"

अपने आपको प्रार्थना की शक्ति के प्रति जागरूक बनाकर आपको अपने मन में किस तरह के विचार जन्म लेते मिलेंगे?

हमें यह भी याद रखना चाहिए कि किसी प्रार्थना का जवाब 'नहीं'

भी हो सकता है। अपने मालिक से प्रार्थना कीजिए, जो छुपा हुआ है और आपका मालिक, जो आपको छुपकर देखता है, आपको खुले रूप से इनाम देगा।

प्रार्थना में मुझे होने में लगा समय हृदय के तनाव और स्नायु चिंता में किसी अन्य चीज की तुलना कहीं ज्यादा फायदा पहुँचाती है। सच्चा मन जो मुक्त भाव से भोगता है, प्यार उसे वह प्राप्त होता है।

किसी महल के खँडहर की गूँज की तरह प्रार्थना भी तबाह हो चुकी मानवीय आत्मा की ईश्वर के कोमलतम वायदों से की गई एक गूँज है। अपने भीतर की गहराई में पहुँचकर, जैसा कि आप प्रार्थना के समय करते हैं, आपके सामने अनंत का भंडार खुल जाता है। आपको ईश्वर से दिशा मिल सकती है और मिलेगी भी।

किसी महल के खँडहर की गूँज की तरह प्रार्थना भी तबाह हो चुकी मानवीय आत्मा की ईश्वर के कोमलतम वायदों से की गई एक गूँज है। अपने भीतर की गहराई में पहुँचकर, जैसा कि आप प्रार्थना के समय करते हैं, आपके सामने अनंत का भंडार खुल जाता है। आपको ईश्वर से दिशा मिल सकती है और मिलेगी भी। आप इसे 'अंतर्दृष्टि' कह सकते हैं, यदि आप करना चाहें तो; लेकिन सच्चाई वही है।

जब किसी ने हेनरी ड्रमांड से पूछा कि किसी को ईश्वर की इच्छा के बारे में कैसे पता चल सकता है, ड्रमांड ने अपनी 'बाइबिल' खोली और वहाँ दिए गए उन दिशा-निर्देशों को पढ़कर सुनाया—

पहला, प्रार्थना।

दूसरा, सोचना।

तीसरा, समझकर लोगों से बात कीजिए, लेकिन उनके फैसले को अंतिम मत मानिए।

चौथा, अपनी इच्छा को आगे रखने के प्रति सावधान रहिए; लेकिन इससे बहुत ज्यादा भयभीत मत होइए। ईश्वर कभी भी अनावश्यक रूप से किसी व्यक्ति के स्वभाव और पसंद को नजरअंदाज नहीं करता है। यह सोचना गलत होगा कि उसकी इच्छा हमेशा असहमत होनेवालों के अनुरूप होती है।

ऐपिसकोपल के पुजारी सैम शूमेकर ने 1950 के दशक में एक योजना शुरू की, जिसे अब 'पीट्सबर्ग प्रयोग' के नाम से जाना जाता है। वह और व्यापारियों का एक दल नियमित रूप से मिलते थे। कुछ लोगों को तो ईश्वर की सत्ता में, जबकि कुछ लोगों को ईश्वर के अस्तित्व में निश्चित रूप से विश्वास नहीं था।

पाँचवाँ, इस बीच अगला काम भी कीजिए। छोटी-छोटी चीजें ईश्वर की इच्छा के अनुरूप करना बड़ी चीजें भी उसकी इच्छा के अनुरूप करने की श्रेष्ठ तैयारी है।

छठा, जब निर्णय और काररवाई जरूरी हो तो कीजिए।

सातवाँ, आपको शायद इसके बाद भी तब तक पता नहीं चले, शायद बहुत बाद तक भी, कि आपका पूर्ण मार्ग-निर्देशन हो चुका है।

प्रार्थनाएँ, जो आपका बहुत भला करती हैं, वे प्रार्थनाएँ हैं, जो आप वास्तव में पूर्ण रूप से यह विश्वास करके बोलते हैं कि वे पूरी होंगी।

काम करके सीखिए
अपनी प्रार्थना की शक्ति का प्रयोग कीजिए

ऐपिसकोपल के पुजारी सैम शूमेकर ने 1950 के दशक में एक योजना शुरू की, जिसे अब 'पीट्सबर्ग प्रयोग' के नाम से जाना जाता है। वह और व्यापारियों का एक दल नियमित रूप से मिलते थे। कुछ लोगों

को तो ईश्वर की सत्ता में, जबकि कुछ लोगों को ईश्वर के अस्तित्व में निश्चित रूप से विश्वास नहीं था। कुछ लोग ईश्वर की सत्ता में बिल्कुल ही विश्वास नहीं करते थे। शूमेकर ने उनमें से हर एक को खुले मन से अपने साथ तीस दिनों तक एक प्रयोग में शामिल होने को कहा, ताकि इस पूरे प्रश्न का उत्तर ढूँढ़ा जाए कि ईश्वर का अस्तित्व है भी कि नहीं और उसे प्रत्येक के कल्याण की चिंता भी है या नहीं। उस समय उन्होंने उन सभी व्यक्तियों को अपने दिन की शुरुआत इस प्रार्थना से करने को कहा, ''हे ईश्वर! मैं आपको नमन करता हूँ। आज आप मेरे लिए क्या लाए हैं? मैं उसका एक हिस्सा बनना चाहता हूँ।''

फिर शूमेकर ने उन सभी व्यक्तियों से कहा—वे उस दिन अपने जीवन से जुड़ी घटित होनेवाली घटनाओं पर नजर रखें, खुले मन से इस संभावना को देखें कि उनके जीवन में ईश्वर के अस्तित्व का प्रमाण जरूर मिलेगा। तीस दिन के इस प्रयोग के बाद उनमें से सभी के पास उन्हें बताने के लिए सकारात्मक परिणाम थे। उनमें से हर एक व्यक्ति को यह अहसास हो गया कि उन लोगों को अपने जीवन में ईश्वर के होने का प्रमाण मिला है।

शूमेकर ने उन सभी व्यक्तियों से कहा—वे उस दिन अपने जीवन से जुड़ी घटित होनेवाली घटनाओं पर नजर रखें, खुले मन से इस संभावना को देखें कि उनके जीवन में ईश्वर के अस्तित्व का प्रमाण जरूर मिलेगा। तीस दिन के इस प्रयोग के बाद उनमें से सभी के पास उन्हें बताने के लिए सकारात्मक परिणाम थे।

इस विश्वास के साथ कि यह भी पूरा होगा, आप स्वयं भी पीटसबर्ग प्रयोग करके देखिए। यह होगा। आप अपने जीवन में ईश्वर के प्रभाव पर तीस दिन की एक पत्रिका भी रख सकते हैं।

आत्म-मूल्यांकन

निम्नलिखित प्रश्नों पर विचार कीजिए—

1. काम पर जाने से पहले आपकी सुबह की दिनचर्या का केंद्र क्या होता है?

(क) पूरी कुशलता के साथ तैयार होना और खाना।

(ख) उस दिन आनेवाली समस्याओं पर मानसिक रूप से विचार करने।

(ग) प्रार्थना के माध्यम से आपको मिलनेवाले अवसरों के प्रति आभार व्यक्त करते हुए और उससे उस बुद्धि की कामना करते हुए, जिसके द्वारा उन अवसरों से श्रेष्ठतम लाभ ले सकें।

2. आप और आपका जीवन साथी एक नया घर खरीदने की योजना बना रहे हैं, लेकिन यह काम आपको उपलब्ध संसाधनों की सीमा से बाहर है। लेकिन आपका विश्वास है कि वित्तीय दृष्टिकोण से यह एक सही फैसला होगा। आप दोनों ने ही अपना बहुत समय धार्मिक प्रार्थना में लगाया। फिर घटनाओं की ऐसी श्रृंखला सामने आई, जिससे यह लगने लगा कि घर खरीदना उससे कहीं अधिक दबाव होगा, जो आपने सोचा है—व्यक्ति की दर बढ़ती से आपके आस-पास घरों की बिक्री कम कीमत पर हो रही है और आपके पति की कंपनी छँटनी करने जा रही है। आपका क्या निर्णय है?

आप और आपका जीवन साथी एक नया घर खरीदने की योजना बना रहे हैं, लेकिन यह काम आपको उपलब्ध संसाधनों की सीमा से बाहर है। लेकिन आपका विश्वास है कि वित्तीय दृष्टिकोण से यह एक सही फैसला होगा। आप दोनों ने ही अपना बहुत समय धार्मिक प्रार्थना में लगाया।

(क) एक सिक्का उछालिए।

(ख) इससे पहले कि कुछ गलत हो, खरीद की योजना के साथ पूरी जिम्मेदारी से आगे बढ़िए।

(ग) यह निर्णय कीजिए कि सबसे समझदारी भरा कदम यह है कि उस समय का इंतजार कीजिए, जब आप एक नया घर खरीदने की बेहतर स्थिति में होंगे।

3. आपने पूरे मनोयोग से अपने पड़ोस में एक नए स्कूल के लिए प्रार्थना की है, यद्यपि स्थानीय प्रशासन ने एक नए स्कूल के निर्माण के लिए बहुत थोड़े पैसे दिए हैं। आपको अपने मन में इस बात पर पूरा भरोसा है कि नया स्कूल महत्त्वपूर्ण और जरूरी है। आप क्या कदम उठाते हैं?

आपने पूरे मनोयोग से अपने पड़ोस में एक नए स्कूल के लिए प्रार्थना की है, यद्यपि स्थानीय प्रशासन ने एक नए स्कूल के निर्माण के लिए बहुत थोड़े पैसे दिए हैं। आपको अपने मन में इस बात पर पूरा भरोसा है कि नया स्कूल महत्त्वपूर्ण और जरूरी है।

(क) यह विश्वास रखिए कि आपकी प्रार्थना पूरी की जाएगी।

(ख) यदि बोर्ड के सदस्य एक नए स्कूल के पक्ष में मत नहीं देते हैं तो उनके विरुद्ध काररवाई की धमकी दीजिए।

(ग) बच्चों के माता-पिता और संबद्ध नागरिकों के समूह को स्कूल के निर्णय के पक्ष में संगठित कीजिए और इसके महत्त्व पर प्रमाण इकट्ठा करके बोर्ड के सदस्यों को पेश कीजिए।

4. अचानक ही आपकी पदोन्नति करके कंपनी के किसी असंगठित विभाग का प्रभार सौंप दिया जाता है। काफी काम किया जाना है और प्रतिरोध भी संभवतः सशक्त मिलने वाला है। आप अपनी प्रार्थना में क्या कहेंगे?

(क) उसी फॉर्मूले का प्रयोग करेंगे, जो आप हमेशा करते रहे हैं।

(ख) उन पर विजय की प्रार्थना कीजिए, जो आपका विरोध करते हैं। दिए गए अवसर और दी गई जिम्मेदारी के प्रति आभार व्यक्त कीजिए और वह सद्बुद्धि माँगिए, ताकि आप इसका अधिकतम लाभ उठा सकें।

प्रार्थना की शक्ति दोहरी होती है। एक तरफ तो आपको श्रेष्ठ सत्ता से, अनंत बुद्धि से ज्ञान की प्राप्ति होती है। प्रार्थना के धार्मिक पक्ष द्वारा उन समाधानों को देखने और ज्ञान प्राप्त करने में समर्थ होते हैं, जो कभी आपकी पहुँच से बाहर प्रतीत होता था। उस दृष्टिकोण से प्रार्थना की शक्ति बाह्य है, क्योंकि यह उन चीजों को आपकी ओर खींचती है, जो वर्तमान में आपको उपलब्ध नहीं हैं।

प्रार्थना की शक्ति दोहरी होती है। एक तरफ तो आपको श्रेष्ठ सत्ता से, अनंत बुद्धि से ज्ञान की प्राप्ति होती है। प्रार्थना के धार्मिक पक्ष द्वारा उन समाधानों को देखने और ज्ञान प्राप्त करने में समर्थ होते हैं, जो कभी आपकी पहुँच से बाहर प्रतीत होता था।

प्रार्थना की आंतरिक शक्ति वह प्रभाव है, जो आपके मस्तिष्क पर पड़ता है। अपनी प्रार्थना में एक कृतज्ञ व आशावादी दृष्टिकोण अपनाकर आप आत्म-सुझाव की शक्तियों को मजबूत करते हैं, जो आपने सूत्र के अंतर्गत सीखीं। यदि आप अपने दिन का आरंभ प्रार्थना से करते हैं और पूरे दिन में कई बार उसे याद करते हैं तो आप उस आत्म-सुझाव को इस ब्रह्मांड की सबसे शक्तिशाली ताकत से जोड़ते हैं; उस महान् सत्ता से जिसने इसे बनाया है।

पहले दो 'क' के अंतर्गत दी गई प्रतिक्रियाओं में तो इस सत्ता के मौलिक अस्तित्व को ही स्वीकार नहीं किया गया है। आपको प्रतिदिन

प्रार्थना में अपना समय देना चाहिए। यदि शुरू में आपको कुछ क्षण निकालने कठिन लगें, आप शीघ्र ही पाएँगे कि उस प्रार्थना से मिली शांति का आप स्वागत करते हैं, यहाँ तक कि आपाधापी भरी सुबह के बीच भी और एक बार जब आप प्रार्थना को गले लगा लेते हैं तो आप अटपटी निर्णय-प्रक्रिया की मूर्खता को भी समझने लगने हैं, क्योंकि आपके पास रचना की बुद्धि होती है, जिसका आप सहारा ले सकते हैं।

प्रार्थना की परिवर्तनशील शक्ति के लिए यह भी जरूरी है कि इसे सिर्फ रटकर प्रयोग नहीं किया जा सकता है। दूसरे दो में 'क' की प्रतिक्रिया उस गलती को रेखांकित करती है कि आप जो सिर्फ यह मानकर चलते हैं कि आपने जो प्रार्थना की, वह पूरी होगी; क्योंकि आपने उसके लिए प्रार्थना की है। आपको स्पष्ट और विचारपूर्ण तरीके से अपनी प्रार्थना की बदलती परिस्थितियों के अनुरूप बदलना होगा और आपने जिस चीज के लिए प्रार्थना की है, उसकी प्राप्ति की दिशा में आप कार्य करने के इच्छुक होंगे। पी.एम.ए. के लिए यह जरूरी है कि आप कुछ भी हासिल करने के लिए काम करने और खतरा मोल लेने के इच्छुक हैं। आपकी प्रार्थना आपकी मनोकामना की सूची मात्र नहीं होनी चाहिए; बल्कि वह चुनौतियों की ऐसी सूची होनी चाहिए, जिसका सामना करने के लिए आप बिल्कुल तैयार हैं।

प्रार्थना की परिवर्तनशील शक्ति के लिए यह भी जरूरी है कि इसे सिर्फ रटकर प्रयोग नहीं किया जा सकता है। दूसरे दो में 'क' की प्रतिक्रिया उस गलती को रेखांकित करती है कि आप जो सिर्फ यह मानकर चलते हैं कि आपने जो प्रार्थना की, वह पूरी होगी; क्योंकि आपने उसके लिए प्रार्थना की है।

बाधाओं पर विजय प्राप्त करने के लिए प्रार्थना करना जरूरी और

समझदारी भरा कदम है; लेकिन अपनी प्रार्थना को एक समय बना लेना जबकि आपका पूरा ध्यान इस बात पर केंद्रित रहता है कि आप क्या घटित होने देना नहीं चाहते हैं। सबसे बढ़कर 'क' के अंतर्गत दी गई प्रतिक्रिया प्रार्थना के दुरुपयोग का प्रतिनिधित्व करती है और इसके द्वारा क्या प्राप्त करना चाहते हैं। अपने शत्रुओं से बदला लेने के लिए कभी भी प्रार्थना मत कीजिए या अनंत सत्ता (और स्वयं) को भी यह याद दिलाइए कि आज आपके साथ क्या गलत हो सकता है।

'ग' में दी गई प्रतिक्रिया प्रार्थना के प्रति उचित दृष्टिकोण और उससे मिलनेवाले उत्तर का प्रतिनिधित्व करती है। यदि आप पहले ही आपको प्राप्त विशेष उपकारों के लिए धन्यवाद देने का दृष्टिकोण अपनाते हैं तो आपके लिए यह पहचान करना आसान होगा, जब आपकी प्रार्थना आपको यह बताएगी कि किसी विशेष इच्छा के लिए समय उचित नहीं है। जब अपनी प्रार्थना को आपको खुद को पहले से मिल रहे फायदों के प्रति धन्यवाद के रूप में करते हैं तो आपको मिलनेवाली कोई भी निराशा आपको उचित परिप्रेक्ष्य में दिखाई पड़ेगी।

यदि आप पहले ही आपको प्राप्त विशेष उपकारों के लिए धन्यवाद देने का दृष्टिकोण अपनाते हैं तो आपके लिए यह पहचान करना आसान होगा, जब आपकी प्रार्थना आपको यह बताएगी कि किसी विशेष इच्छा के लिए समय उचित नहीं है।

बोनस : ईश्वर की इच्छा को जानने के लिए हेनरी ड्रमंड की सात सलाहें आपके लिए भी कारगर हो सकती हैं।

पहले, वे क्या मुद्दे हैं, जिनके बारे में आप प्रार्थना करने जा रहे हैं।

दूसरा, जब आपने प्रार्थना कर ली तो आपके मन में इसके बारे में क्या विचार आया?

तीसरा, आपने जब विद्वानों से इसके बारे में बात की तो उन्होंने क्या कहा?

विद्वानों के शब्द,

"वह, जो थोड़ा प्यार करता है, थोड़ी प्रार्थना करता है; वह, जो ज्यादा प्यार करता है, ज्यादा प्रार्थना करता है।"

—सेंट ऑगस्टस

" प्रार्थना ईश्वर के सामने अपनी आत्मा को पूरी निष्ठा, स्नेह और समझदारी के साथ खोल देना है।"

—जॉन बनयॉन

"मुझे कई बार अपने सुदृढ़ विश्वास के कारण यह लगा कि ऐसी कोई भी जगह नहीं है, जहाँ मैं जा सकता हूँ। मेरी अपनी समझ और मेरे लिए वह सबकुछ उस दिन अपर्याप्त लगता था।"

—अब्राहम लिंकन

"प्रार्थना को सुबह की कुंजी और शाम का ताला बनने दीजिए।

—मैथ्यू हेनरी

"प्रार्थना स्वर्ग का द्वार है।"

—टॉमस ब्रुक्स

"किसी आदमी के लिए प्रार्थना करना इतना स्वाभाविक है कि कोई भी सिद्धांत उसे ऐसा करने से रोक नहीं सकता है।"

—जेम्स, फ्रीमैन क्लार्क

"प्रार्थना दैवी जीवन की पहली साँस है। विश्वास करनेवाली आत्मा की यह धड़कन है।"

—टी स्कॉट

"हम ईश्वर से जो कुछ भी माँगते हैं, चलिए, उसके लिए काम भी करते हैं।"

—जेरेमी स्कॉट

"जैसे कविता में, वैसे ही प्रार्थना में, पूरी विषय-वस्तु हृदय के माध्यम से की जानी चाहिए।"

—एडवर्ड पेसन

"आपकी सबसे बड़ी ताकत प्रार्थना की ताकत में निहित है।"

—डब्ल्यू क्लीमेंट स्टोन

नौवाँ सूत्र : लक्ष्य निर्धारित कीजिए

यह आप पर निर्भर करता है कि आप जीवन से क्या अपेक्षा करते हैं। जब आप यह निश्चय कर लेते हैं तो आप अपने मस्तिष्क पर अपना नियंत्रण करते हैं और इसका प्रयोग अपने चुने हुए लक्ष्य तक पहुँचने के लिए करते हैं और आप शब्दश: कुछ भी कर सकते हैं, जब तक कि यह ईश्वर के नियमों या दूसरों के अधिकारों का हनन नहीं करता है। आप इस ज्ञान के रोमांच का अनुभव कर सकते हैं कि आप कोई भी लक्ष्य या उद्देश्य, जिसे आप पूरा करना चाहते हैं, प्राप्त कर सकते हैं।

"यह आप पर निर्भर करता है कि आप जीवन से क्या अपेक्षा करते हैं। जब आप यह निश्चय कर लेते हैं तो आप अपने मस्तिष्क पर अपना नियंत्रण करते हैं और इसका प्रयोग अपने चुने हुए लक्ष्य तक पहुँचने के लिए करते हैं और आप शब्दश: कुछ भी कर सकते हैं"

अपने लक्ष्य को निर्धारित करना अपने मस्तिष्क को उन चीजों पर लगाना है, जो आप चाहते हैं और उन चीजों से हटाना है, जो आप नहीं चाहते हैं, जिसकी कि सूत्र # 2 में व्याख्या की गई है। आपको यह सीखने की जरूरत है कि आप दैनिक आधार पर दीर्घावधि और लघु अवधि के लक्ष्य निर्धारित करें। यह बहुत महत्त्वपूर्ण है। अपने लक्ष्यों को कागज की एक परची पर लिखिए। कल्पना कीजिए कि आपने वे लक्ष्य प्राप्त कर लिये हैं। आशावादी

सकारात्मक रूप से निरंतर उनको उद्धृत करते रहिए।

लक्ष्यों की प्राप्ति के आरंभिक बिंदु इन छह अक्षरों के शब्द Desire (इच्छा) में निहित हैं—

Determine (संकल्प कीजिए)।

Evaluate (मूल्यांकन कीजिए)।

Set (निर्धारित कीजिए)।

Identify (पहचान कीजिए)।

Repeat (दोहराइए)।

Each Day (प्रतिदिन)।

चुनाव कीजिए

अपनी पुस्तक '**थिंक एंड ग्रो रिच : ए ब्लैक च्वॉइस**' में डेनिस किंब्रो और नेपोलियन हिल ने यह रेखांकित किया है कि किस तरह अपने जीवन को सार्थक बनाने के लिए किसी लक्ष्य का होना जरूरी है। उनके द्वारा दिए गए उदाहरणों में—

ग्वेनडोलिन ब्रुक्स उस समय को याद नहीं कर सकती हैं, जब वह एक कवि बनना नहीं चाहती थीं। पंद्रह वर्ष की उम्र में उनकी कविताएँ छप रही थीं और उन्हें प्रशंसा मिल रही थी, जो लगातार जारी रहा और 'पुलित्जर पुरस्कार' जीतनेवाली प्रथम अश्वेत होने का गौरव उन्हें प्राप्त हुआ।

ग्वेनडोलिन ब्रुक्स उस समय को याद नहीं कर सकती हैं, जब वह एक कवि बनना नहीं चाहती थीं। पंद्रह वर्ष की उम्र में उनकी कविताएँ छप रही थीं और उन्हें प्रशंसा मिल रही थी, जो लगातार जारी रहा और 'पुलित्जर पुरस्कार' जीतनेवाली प्रथम अश्वेत होने का गौरव उन्हें प्राप्त हुआ।

फ्लोरेंस ग्रीफिथ ज्वॉइनर को सन् 1984 के ओलिंपक्स में दूसरा स्थान प्राप्त हुआ। उन्होंने यह निश्चय किया कि यह पर्याप्त नहीं है

और अपने लिए अलग ओलिंपिक में तीन स्वर्ण पदक जीतने का लक्ष्य निर्धारित किया। वह उस लक्ष्य को प्राप्त करने में सफल रहीं और हर बार विश्व रिकॉर्ड बनाया।

आप अपने आपसे यह कह सकते हैं कि आप स्वयं को बदलने जा रहे हैं; लेकिन जब तक कि आप सही-सही यह परिभाषित नहीं करते हैं कि इसका आशय क्या है, आप में कोई बदलाव नहीं होने वाला है, आप वही रहेंगे, जो अभी हैं।

> ***डी-ई-एस-आई-आर-ई वह तरीका है, जो अपना कोई भी लक्ष्य जिसे आप चुनते हैं, को निर्धारित करने और प्राप्त करने के लिए कर सकते हैं। निर्धारित कीजिए और बिल्कुल उसी को अपने मस्तिष्क में बिठा लीजिए कि आप क्या चाहते हैं। बिल्कुल स्पष्ट बनिए। अपने मन में सही-सही संकल्प कीजिए और यह मूल्यांकन कीजिए कि बदले में आप क्या देंगे।***

डी-ई-एस-आई-आर-ई वह तरीका है, जो अपना कोई भी लक्ष्य जिसे आप चुनते हैं, को निर्धारित करने और प्राप्त करने के लिए कर सकते हैं। निर्धारित कीजिए और बिल्कुल उसी को अपने मस्तिष्क में बिठा लीजिए कि आप क्या चाहते हैं। बिल्कुल स्पष्ट बनिए। अपने मन में सही-सही संकल्प कीजिए और यह मूल्यांकन कीजिए कि बदले में आप क्या देंगे। एक निश्चित तिथि निर्धारित कीजिए, जब आप उसे प्राप्त कर लेने का इरादा रखते हैं। अपने लक्ष्य की पहचान कीजिए और उसे एक निश्चित योजना के माध्यम से प्राप्त करने का प्रयास कीजिए। अपनी योजना पर शीघ्र काररवाई शुरू कीजिए। मैं यह अनुशंसा करता हूँ कि आप इन तीन शब्दों 'इसे अभी कीजिए' को याद कर लीजिए और इसे 50 बार सुबह 50 बार रात में, दिन में किसी भी समय, पूरे उत्साह और आदेश के साथ एक सप्ताह या दस दिन तक

या जब तक कि वे आपके अवचेतन में नहीं बैठ जाते, दोहराते रहिए। फिर जरूरत के समय आप अपने आप शीघ्र ही काम करने लगेंगे।

सफलता उन्हीं को मिलती है, जो कोशिश करते हैं। जहाँ खोने के लिए कुछ नहीं है और यदि सफल होते हैं तो कोशिश के द्वारा बहुत कुछ प्राप्त कर लेते हैं, पूरी शिद्दत से प्रयास कीजिए···। इसे अभी कीजिए।

अपने कदम-कदम की योजना को लिखकर दोहराइए। स्पष्ट रूप से और संक्षेप में सही-सही वह लिखिए, जो आप चाहते हैं। सही-सही यह लिखिए कि आप उसे कब प्राप्त करना चाहते हैं और सही-सही रूप में आप बदले में क्या देने की इच्छा करते हैं। बिल्कुल स्पष्ट रहिए, अस्पष्टता लक्ष्य-प्राप्ति का मृत्युनाद है।

अपने कदम-कदम की योजना को लिखकर दोहराइए। स्पष्ट रूप से और संक्षेप में सही-सही वह लिखिए, जो आप चाहते हैं। सही-सही यह लिखिए कि आप उसे कब प्राप्त करना चाहते हैं और सही-सही रूप में आप बदले में क्या देने की इच्छा करते हैं। बिल्कुल स्पष्ट रहिए, अस्पष्टता लक्ष्य-प्राप्ति का मृत्युनाद है।

प्रति दिन सुबह और शाम अपने लिखित कथन को जोर-जोर से पढ़िए। जब आप पढ़ते हैं तो कल्पना कीजिए कि आपने अपने लक्ष्य प्राप्त कर लिये हैं। उसे देखिए, महसूस कीजिए और उस पर विश्वास कीजिए।

काम करके सीखिए लक्ष्य निर्धारित कीजिए

अपने लक्ष्य अभी निर्धारित कीजिए। वह करते समय डी-ई-एस-आई-आर-ई फॉर्मूले का पालन कीजिए, जो आपने अभी-अभी सीखा है।

निश्चित कीजिए : आप क्या चाहते हैं? निश्चित रहिए।

मूल्यांकन कीजिए : बदले में आप क्या देंगे?

कोई तिथि निर्धारित कीजिए : जो आप चाहते हैं, उसे कब प्राप्त करेंगे?

पहचान कीजिए : एक योजना बनाइए, अभी शीघ्र ही आप क्या करेंगे?

दोहराइए (अपनी कदम-दर-कदम लिखित योजना को) (आपको यहाँ दिए गए स्थान से ज्यादा की जरूरत होगी।)

पहला कदम :

दूसरा कदम :

तीसरा कदम :

चौथा कदम :

पाँचवाँ कदम :

हर दिन सुबह-शाम अपने लिखित कथन को जोर-जोर से पढ़िए। पढ़ते समय यह कल्पना कीजिए कि आपको पहले ही अपने लक्ष्य हासिल हो गए हैं।

आत्म-मूल्यांकन

निम्नलिखित प्रश्नों के उत्तर दीजिए :

1. इनमें से कौन सबसे अच्छी तरह आपके लक्ष्य का वर्णन करता है?

(क) वास्तव में उनका वर्णन नहीं किया जा सकता है।

(ख) नौकरी से नहीं निकाला जा रहा, दिवालिएपन से बचते हुए, परेशान नहीं होते हुए, घर पर झगड़े को कम करते हुए।

(ग) अपने जीवन में आगे बढ़ने की स्पष्ट योजना, निश्चित वित्तीय लक्ष्य, अपने स्वास्थ्य में सुधार के लिए नियमित कार्य, अपने जीवन साथी के साथ और ज्यादा व गहरी साझेदारी।

2. अपने लक्ष्यों को प्राप्त करने के लिए आप क्या कर रहे हैं?

(क) जीवन कैसा होगा, इसकी कल्पना कर रहा हूँ।

(ख) अपनी स्थिति को बचाए रखने के लिए संघर्ष कर रहा हूँ और जैसे ही कोई संकट आता है, उससे निपट रहा हूँ।

(ग) एक लिखित योजना का पालन कर रहे हैं, जिसका मैं नियमित मूल्यांकन करता हूँ, जो शीघ्र, मध्यावधि और दीर्घावधि की योजनाओं को रेखांकित करते हैं।

3. अपने लक्ष्यों की प्राप्ति के लिए आप बदले में क्या देने की अपेक्षा करते हैं?

(क) मालूम नहीं।

(ख) जितना थोड़ा संभव हो, क्योंकि यहाँ तक पहुँचना बहुत कठिन था। मुझे शीघ्र ही धनवान् बनने की जरूरत है।

(ग) जितना ज्यादा समय, ऊर्जा, समर्पण और सेवा अपने समुदाय को और अन्य कुछ की भी जरूरत होगी।

4. अंतिम बार कब आपने अपने लक्ष्यों का मूल्यांकन किया था?

(क) उनका मूल्यांकन नहीं कर सकता, क्योंकि वे अभी निर्धारित भी नहीं किए गए हैं।

(ख) अंतिम संकट के बीच में ही।

(ग) आज, वैसे भी मैं हर दिन करता हूँ।

जीवन के प्रति निष्क्रिय दृष्टिकोण की कमजोरी कहीं भी इससे ज्यादा प्रकट नहीं होती, जितनी कि लक्ष्य निर्धारित न किए जाने के परिणामस्वरूप होनेवाली निरर्थकता में होती है। आप किसी भी ऐसे जगह बिना योजना बनाए नहीं पहुँच सकते, जहाँ आप पहले कभी नहीं गए हैं। ऊपर 'क' के अंतर्गत दिए गए उत्तर आपको शीघ्र ही यह समझा देंगे कि आप अपने जीवन की वर्तमान दशा से असंतुष्ट क्यों हैं। आप यह शिकायत कैसे कर सकते हैं कि चीजें आपके पसंद की नहीं

हैं यदि आपको स्वयं यह नहीं मालूम कि वास्तव में आप क्या चाहते हैं ?

वे जाल हैं, जिसमें लोग फँस जाते हैं। वे स्वयं यह कहते हैं कि उनके लक्ष्य तो हैं और फिर नकारात्मक संदर्भों में उन लक्ष्यों की व्याख्या करते हैं, जैसे कि आपको पहले ही मालूम है। इस बात पर ध्यान केंद्रित करना, जो आप चाहते हैं कि न हो, वह इस बात को लगभग पक्का कर देता है कि यह होगा। 'ख' के अंतर्गत दिए गए प्रथम दो उत्तर इस प्रकार के नकारात्मक मानसिक भाव को रेखांकित करते हैं।

यही बात प्रार्थना के साथ भी है। आपको यह भी स्वीकार करना पड़ेगा कि सकारात्मक रूप से व्यक्त लक्ष्य की प्राप्ति मात्र इच्छा करने से ही नहीं हो जाती है। उसके कार्यान्वयन में आपको सक्रिय भूमिका अदा करनी पड़ती है और जो कुछ भी आप प्राप्त करने की आशा करते हैं, उसके बदले में आपको लौटाने के लिए भी इच्छुक होना पड़ता है।

यही बात प्रार्थना के साथ भी है। आपको यह भी स्वीकार करना पड़ेगा कि सकारात्मक रूप से व्यक्त लक्ष्य की प्राप्ति मात्र इच्छा करने से ही नहीं हो जाती है। उसके कार्यान्वयन में आपको सक्रिय भूमिका अदा करनी पड़ती है और जो कुछ भी आप प्राप्त करने की आशा करते हैं, उसके बदले में आपको लौटाने के लिए भी इच्छुक होना पड़ता है। यदि आप हेनरी फोर्ड की तरह राष्ट्र को गाड़ियाँ उपलब्ध कराकर अति समृद्ध हो जाते हैं या हेनरी फोंडा की तरह अद्भुत मनोरंजन उपलब्ध कराकर आप अति प्रसिद्ध हो जाते हैं। आपको कुछ पाने के लिए कुछ देना ही पड़ता है। तीसरे 'ख' के अंतर्गत दी गई प्रतिक्रिया का यही सार है।

चौथे 'ख' के अंतर्गत दी गई प्रतिक्रिया अपने लक्ष्य पर केंद्रित

रहने के महत्त्व को रेखांकित करती है। प्रति दिन आप अनेक निर्णय लेते हैं, जो आपके संभावित अहसास को प्रभावित कर सकते हैं। इसे श्रेष्ठ तरीके से करने के लिए आपको नियमित रूप से अपने आपको यह याद दिलाना चाहिए कि आपके लक्ष्य क्या हैं, ताकि आप उनकी प्राप्ति के लिए काम करते रहें।

बहुत संभव है कि जीवन में कई बार ऐसा समय भी आता है, जब आप अपने लक्ष्यों को बदलने के लिए सोचते हैं। जब कभी भी ऐसा हो, तो परेशान मत होइए। हम सभी को वह ज्ञान प्राप्त होता है और अवसर मिलते हैं, जो हमारे सपने में भी नहीं होते हैं।

'ग' के अंतर्गत दी गई प्रतिक्रियाएँ जीवन के प्रति केंद्रित दृष्टिकोण का प्रतिनिधित्व करती हैं, जो पी.एम.ए. लक्ष्य-निर्धारण द्वारा दिया जाता है। आपको मालूम है कि आप क्या चाहते हैं और अपना ध्यान उसी पर केंद्रित करते हैं। अपनी महत्त्वाकांक्षा की प्राप्ति के लिए आपके पास योजना है और कभी-कभी आप इसका मूल्यांकन भी करते हैं। इस प्रकार आपके सभी कार्य और प्रार्थनाएँ आपको आपके निर्धारित लक्ष्य की ओर ले जाते हैं।

बहुत संभव है कि जीवन में कई बार ऐसा समय भी आता है, जब आप अपने लक्ष्यों को बदलने के लिए सोचते हैं। जब कभी भी ऐसा हो, तो परेशान मत होइए। हम सभी को वह ज्ञान प्राप्त होता है और अवसर मिलते हैं, जो हमारे सपने में भी नहीं होते हैं। यदि आपको मालूम है कि आप क्या चाहते हैं और अपने अनुभव से आपको यह भी मालूम है कि आप इसे प्राप्त कर सकते हैं, आप अपने अवसरों का मूल्यांकन करने में समर्थ होंगे और आप यदि यह चुनते हैं तो उन्हें पूरे विश्वास के साथ गले लगाइए। यही पी.एम.ए. का सार है।

बोनस : कागज के एक टुकड़े पर उस दिन के लिए अपना लक्ष्य

लिखिए और उसे अपनी जेब में रखिए। जितनी बार आप बदलने या कुंजी के लिए जेब में हाथ डालेंगे, यह आपको लक्ष्य की याद दिलाएगा। जेब ही नहीं है? फिर इसे ऐसी जगह रखिए, जहाँ दिन भर बार-बार इस पर आपकी नजर जाए।

विद्वानों के कथन

''हजार मील की यात्रा की शुरुआत एक कदम से ही होती है।''

—लाओ-तजो

''और जो कुछ भी आप करते हैं, पूरे मनोयोग से कीजिए।''

—कोलोसिअनस, 3:23

''हर अच्छा काम पहली नजर में असंभव लगता है।''

—टॉमस कार्लाइल

''इस संसार की महान् चीजें वहाँ उतनी ज्यादा नहीं हैं, जहाँ हम रहते हैं; बल्कि हम जिस दिशा में आगे बढ़ रहे हैं, वहाँ हैं।''

—ओलिवर वेंडल होल्म्स

''उपलब्धि के चार कदम—उद्देश्यपूर्ण तरीके से योजना बनाइए, प्रार्थना के साथ तैयारी कीजिए, सकारात्मक ढंग से आगे बढ़िए, लगातार करते रहिए।''

—विलियम एवार्ड

''अधिकांश लोग असफल होने के लिए योजना नहीं बनाते हैं। वे योजना बनाने में विफल रहते हैं।''

—जॉन ए. वेकले

''किसी भी कार्य की योजना में खतरा भी होता है और उसकी कीमत भी होती है; लेकिन दीर्घावधि के खतरे और आरामदायक निष्क्रियता से उनकी कीमत काफी कम होती है।''

—जॉन एफ.केनेडी

"शक्तिशाली जीवन सक्रिय उद्देश्यों से प्रेरित होते है।"

—केनेथ हिलडखंड

"यदि आपको यह नहीं मालूम कि आप कहाँ जा रहे हैं तो आपको बहुत सतर्क रहने की जरूरत है; क्योंकि हो सकता है कि आप वहाँ पहुँचें ही नहीं।"

—योगी बेरा

"मैं हमेशा कुछ बनना चाहता था; लेकिन मुझे और स्पष्ट होना चाहिए था।"

—लिली टॉमलिन

दसवाँ सूत्र : अध्ययन कीजिए, सोचिए और प्रतिदिन योजना बनाइए

अपने जीवन से हर वह चीज प्राप्त करने के लिए, जो आप चाहते हैं, आपका स्वयं के प्रति यह कर्तव्य है कि आप सकारात्मक मानसिक भाव का विश्वास करें और उसे बनाए रखें।

एक सज्जन मेरे पास आए और मुझे बताया कि उनके जीवन में बहुत सारी समस्याएँ हैं। वह बहुत उदास था, यद्यपि वह पूर्व की एक बड़ी कंपनी को जीवन बीमा की बिक्री करने में सफल रहा था।

एक सज्जन मेरे पास आए और मुझे बताया कि उनके जीवन में बहुत सारी समस्याएँ हैं। वह बहुत उदास था, यद्यपि वह पूर्व की एक बड़ी कंपनी को जीवन बीमा की बिक्री करने में सफल रहा था। मैंने उनसे पूछा कि क्या उनके पास प्रेरणादायक स्वयं सहायता पुस्तकें हैं; और उनका उत्तर था कि इस तरह की किताबें उनकी लाइब्रेरी में हैं। तब मैंने यह प्रश्न पूछा, "क्या आप उन्हें पढ़ते हैं?"

अब दिलचस्प चीज यह है कि सफल व्यक्ति महत्त्वपूर्ण काम करने के लिए, विशेष रूप से वित्तीय लाभ प्राप्त करने के उद्देश्य से, अपने विशेष रोजगार या व्यवसाय में सफल होने के लिए या अच्छा शारीरिक, मानसिक या नैतिक स्वास्थ्य प्राप्त करने के लिए स्वयं सहायता पुस्तकों को पढ़ने के लिए समय निकाल लेगा।

"नहीं, मुझे समय ही नहीं मिलता है।" उन्होंने जवाब दिया।

अब दिलचस्प चीज यह है कि सफल व्यक्ति महत्त्वपूर्ण काम करने के लिए, विशेष रूप से वित्तीय लाभ प्राप्त करने के उद्देश्य से, अपने विशेष रोजगार या व्यवसाय में सफल होने के लिए या अच्छा शारीरिक, मानसिक या नैतिक स्वास्थ्य प्राप्त करने के लिए स्वयं सहायता पुस्तकों को पढ़ने के लिए समय निकाल लेगा।

इसे करने के लिए यह महत्त्वपूर्ण है कि प्रतिदिन आप निजी समय अपने साथ भी बिताइए। इसका आशय है कि कम-से-कम पंद्रह या बीस मिनट आप—

1. पी.एम.ए. के साथ अपने लक्ष्य के बारे में सोचिए।
2. पी.एम.ए. के साथ अपने भावों की जाँच कीजिए।
3. पी.एम.ए. के साथ अपने कार्यों और विचारों की जाँच कीजिए।
4. पी.एम.ए. के साथ प्रेरणादायक, स्वयं सहायता-प्रेरित अध्ययन सामग्री को पढ़िए, यदि यह एक पैराग्राफ, एक पेज या एक अध्ययन ही हो।
5. पी.एम.ए. के साथ पढ़ने, सोचने और योजना बनाने का समय निकालिए।

काम करके सीखिए

प्रतिदिन पढ़िए, सोचिए और योजना बनाइए

भविष्य में पूरे जीवन के लिए पी.एम.ए. उत्साह के लिए स्वयं को तैयार कीजिए। आप क्या पढ़ने जा रहे हैं? सबसे पहले तो कोई प्रेरणादायक स्वयं सहायता कार्य-प्रेरित संपादकीय, लेख या किताब पढ़िए या कोई प्रेरणादायक टेप सुनिए। आपको बस, यह करने की जरूरत है कि पंद्रह मिनट निकालिए या यदि आप चाहते हैं तो एक छोटा सा अध्याय पढ़िए लेकिन यह समझने की कोशिश कीजिए कि लेखक क्या कहने की कोशिश कर रहा है। यदि जरूरत हो तो एक शब्दकोश का प्रयोग कीजिए। यह निर्धारित कीजिए कि आप पर कौन सा सिद्धांत लागू होगा। उन आत्म-प्रेरकों को याद कर लीजिए, जिनसे आप समझते हैं कि आपको सहायता मिलेगी। एक ऐसे परिवेश का चुनाव कीजिए, जहाँ बिना किसी व्यवधान के आप ध्यान केंद्रित कर सकते हैं। अपने पास एक स्थायी नोटबुक और कलम या पेंसिल रखिए। अपने पास एक स्थायी नोटबुक रखकर, जिसमें आपके संकल्प, आत्म-प्रेरक और विचार लिखे हों, के साथ स्वयं को भविष्य के लिए तैयार कीजिए और इस नोटबुक में लिखी बातों का नियमित रूप से मूल्यांकन कीजिए। यदि और कोई विचार आपके मन में नहीं आता है तो इस पुस्तक से आपको बार-बार पढ़ने से मिलनेवाले आनंद से समृद्ध संसाधन उपलब्ध होगा। इस पुस्तक के अंत में फरदर रीडिंग खंड के अंतर्गत कुछ सुझाव भी दिए गए हैं।

भविष्य में पूरे जीवन के लिए पी.एम.ए. उत्साह के लिए स्वयं को तैयार कीजिए। आप क्या पढ़ने जा रहे हैं? सबसे पहले तो कोई प्रेरणादायक स्वयं सहायता कार्य-प्रेरित संपादकीय, लेख या किताब पढ़िए या कोई प्रेरणादायक टेप सुनिए।

मेरा पहला अध्ययन संसाधन होगा।

एक बार डब्ल्यू क्लीमेंट स्टोन ने मुझे उपन्यास और स्वयं सहायता पुस्तक में अंतर बताया : उपन्यास में लेखक निष्कर्ष बता देता है; स्वयं सहायता पुस्तक में पाठक जो काररवाई करता है, उसके द्वारा निष्कर्ष बताता है।

अपनी सफलता की कहानी लिखने के लिए तैयार हो जाइए। समय निकालिए, समय बचाइए। दिन का श्रेष्ठ समय अपने लिए, अपने विचार और अपनी योजना के लिए निकालिए।

मेरे अध्ययन/विचार/योजना का समय होगा—

आत्म-मूल्यांकन

अपने आपसे निम्नलिखित प्रश्न कीजिए—

1. जो मैं चाहता हूँ, उस ओर बढ़ने के लिए मैंने अपने दैनिक अध्ययन, विचार और योजना के लिए क्या संकल्प लिये हैं?

(क) कुछ भी नहीं।

(ख) मैं समय निकालता हूँ, जब कभी भी मुझे समय मिलता है।

(ग) मेरे पास प्रतिदिन वह समय होता है, जब मैं व्यवधानों से यथासंभव मुक्त रहता हूँ।

2. एक आपाधापी भरे दिन के अंत में आपके मित्र अपने साथ समय बिताने के लिए आापको आमंत्रित करते हैं। आपने यह फैसला किया है कि आप अपना खाली समय अध्ययन, योजना और विचार में लगाएँगे। आप क्या करते हैं?

(क) उनके साथ जाइए।

(ख) अपने आपसे यह कहिए कि वास्तव में आपको जिस चीज की जरूरत है, वह है थोड़ा आराम, न कि ज्यादा ध्यान।

(ग) अध्ययन के लिए आवश्यक समय निकाल लेने के बाद आप

उनसे मिलने के लिए सहमत हो जाते हैं, क्योंकि आप यह जानते हैं कि एक भाग-दौड़ और दिन के बाद आपको जिस चीज की सबसे ज्यादा जरूरत है तो वह है अपने लक्ष्य के प्रति अपने संकल्प को फिर से दोहराना और उन्हें मजबूत करना।

3. आप अपने लिए अध्ययन सामग्री का चुनाव किस तरह करते हैं?

(क) कौन अध्ययन सामग्री?

(ख) आप ऐसी कोई भी चीज तलाश करते हैं, जो आपको आपकी दिन-प्रतिदिन की दिनचर्या के दबाव से दूर ले जाती है।

(ग) आप विभिन्न प्रकार की चीजों का चुनाव करते हैं, जिसमें आत्मकथा, प्रेरणादायक पुस्तकें, स्वयं सुधार पुस्तकें या टेप, वर्तमान घटनाओं का मूल्यांकन और महान् साहित्य शामिल है।

4. जब आप किसी चीज को पढ़ने का काम पूरा कर लेते हैं तो आपका अगला काम क्या होता है?

(क) थोड़ा आराम कीजिए।

(ख) जितना जल्दी संभव हो, अगली चीज की शुरुआत करते हैं।

समय निकालकर उस चीज के निहितार्थ पर विचार कीजिए, जिसका अभी आपको सामना करना पड़ा था और इसका आपके जीवन पर कहाँ प्रभाव पड़ सकता है? वह अंतर्दृष्टि जो आपको मिली, उसे अपनी पत्रिका में लिखिए या विशेष रूप से काम से जुड़े महत्त्वपूर्ण कथनों को लिखिए।

यदि आप पी.एम.ए. के साथ अपने अध्ययन और योजना के लिए समय निकालने की ओर बढ़ते हैं तो आपको शीघ्र ही पता चल जाएगा, इस समय का आपको किस तरह व्यापक फायदा मिलता है। हो सकता

है कि यह आपको सबसे पहले कम लगे; लेकिन टॉमस अल्वा एडीसन ने जो कहा, उसे याद रखिए, "कुछ लोग अवसर को नहीं पहचान पाते हैं क्योंकि यह काम के छद्म रूप में उनके सामने आता है।"

ऊपर 'क' के अंतर्गत दी गई प्रतिक्रियाओं में सावधानीपूर्वक समय के नियोजन से मिलनेवाली संतुष्टि और उत्साह की पूर्ण अनदेखी की गई है। कोई भी व्यक्ति अपने साथ होनेवाली अच्छी चीजों के बारे में सोचने से क्या बचना चाहेगा? यदि आपको कोई यह कहता है कि प्रतिदिन 26 मिनट में आप ज्ञान को दुगुना बढ़ा सकते हैं तो क्या आप उन 26 मिनट को नहीं पकड़ेंगे? निश्चित रूप से आप करेंगे।

लेकिन आपका उस समय के प्रति संकल्प होना चाहिए, जिसकी आपको जरूरत है। डेनिस कोनर ने जो कहा है, "संकल्प के प्रति संकल्प।" उसका यह मौलिक भाग है 'ख' के अंतर्गत दी गई प्रतिक्रियाओं में अपने मस्तिष्क को विस्तार देने के लिए आवश्यक समर्पित समय देने से बचने के लिए पर्याप्त बहाने और व्यवधान दरशाए गए हैं।

लेकिन आपका उस समय के प्रति संकल्प होना चाहिए, जिसकी आपको जरूरत है। डेनिस कोनर ने जो कहा है, "संकल्प के प्रति संकल्प।" उसका यह मौलिक भाग है 'ख' के अंतर्गत दी गई प्रतिक्रियाओं में अपने मस्तिष्क को विस्तार देने के लिए आवश्यक समर्पित समय देने से बचने के लिए पर्याप्त बहाने और व्यवधान दरशाए गए हैं। यदि आप संकल्प करने और उसे बनाए रखने में विफल होते हैं तो आप देखेंगे कि वे फायदे, जो आपको मिलने थे, वे आपसे दूर चले गए हैं, जिससे आपको अपने आपसे किए गए वायदों के प्रति प्रयास न करने का एक और बहाना मिल जाता है।

अपने अध्ययन और अपनी योजना से लाभ उठाने की कुंजी स्वयं को चुनौती देने में है। नए विश्व, नए सिद्धांतों की खोज कीजिए, जिसका आपकी स्थिति पर नया प्रभाव पड़ता है। क्या ज्ञान का कोई ऐसा क्षेत्र है, जिसने सदैव आपको आकर्षित किया है, लेकिन आपने कभी भी उस और प्रयास नहीं किया ? तो अभी ही शुरुआत क्यों न करें! हमेशा ऐसा नहीं लगता कि इससे आपको शीघ्र ही कोई लाभ मिलने वाला है; लेकिन इससे बहुत संभव है कि आपको इस तरह फायदा मिलेगा, जो आपने सोचा भी नहीं होगा। मान लीजिए कि आपने यह फैसला किया कि श्रेष्ठ शराब में आपकी रुचि है। आप जैसे-जैसे पढ़ते हैं तो आप पाते हैं कि आपको भूगोल, इतिहास, कृषि, खाद्य पदार्थ, विभिन्न संस्कृतियों, रसायन-शास्त्र और यहाँ तक कि विपणन के बारे में हर तरह की जानकारी होती जा रही है। आगे अन्वेषण करने के लिए आप इनमें से किसका चुनाव करेंगे ? वहाँ आपको क्या अवसर मिलेगा ?

अपने अध्ययन और अपनी योजना से लाभ उठाने की कुंजी स्वयं को चुनौती देने में है। नए विश्व, नए सिद्धांतों की खोज कीजिए, जिसका आपकी स्थिति पर नया प्रभाव पड़ता है। क्या ज्ञान का कोई ऐसा क्षेत्र है, जिसने सदैव आपको आकर्षित किया है, लेकिन आपने कभी भी उस और प्रयास नहीं किया ?

याद रखिए कि स्कूल जाने का आपका समय बीत गया है, क्योंकि वहाँ अन्यथा आपको सजा मिलेगी। समय वह है, जिसे आप उस तरह बिताने का फैसला करते हैं। अपने लिए इसे कारगर बनाइए।

बोनस : यदि आप सुबह और शाम के समय सिर्फ अतिरिक्त 20 मिनट निकालते हैं तो एक सप्ताह में यह स्वयं को दिया गया पाँच घंटा बनता है। एक वर्ष में यह आपके लिए स्वयं को दिया गया डेढ़ घंटे का

समय बन जाता है। यही वह समय है, जिसका प्रयोग आप अध्ययन, विचार, योजना और प्रार्थना में कर सकते हैं।

मैं आपसे यह कहता हूँ कि अपने खाली समय से कुछ समय निकालिए और पी.एम.ए. सकारात्मक मानसिक भाव के साथ सोचिए। रचनात्मक सोच के संबंध में मुझे एक सच्ची कहानी याद आती है, जो आपको दिलचस्प लगेगी, जैसा कि यह मुझे लगी थी, जब डब्ल्यू क्लीमेंट स्टोन ने इसे मुझे सुनाया था। जब एंटॉनी अथानस ने लगभग आठ साल पहले बोस्टन में एंटोनीस पीआर-4 रेस्टॉरेंट खोला तो आप क्या समझते हैं कि उद्‍घाटन की उस मुख्य रात को मुख्य अतिथि के तौर पर उसने किसे बुलाया? राष्ट्रपति, राज्यपाल, दूरदर्शन, फिल्म और थिएटर से जुड़े व्यक्तित्व को? नहीं, उसने बोस्टन के सभी कार चालकों और उनकी पत्नियों गर्लफ्रैंड्स को बुलाया, जो आ सकते थे। एंटोनीस पीआर-4 अमेरिका के एक सफलतम और सबसे ज्यादा आय देनेवाले रेस्तराँ में है। जब आप बोस्टन जाइए, कार में बैठिए, जैसा कि मैंने किया है और कार चालक से पूछिए, ''शहर का सबसे अच्छा रेस्तराँ कौन है ?'' तो उत्तर का अनुमान आप लगा सकते हैं। एंटोनी सफल है, क्योंकि उसने समय निकालकर अध्ययन किया, सोचा एवं समय का प्रबंधन किया और वह प्राप्त किया, जो वह करना चाहता था।

मैं आपसे यह कहता हूँ कि अपने खाली समय से कुछ समय निकालिए और पी.एम.ए. सकारात्मक मानसिक भाव के साथ सोचिए। रचनात्मक सोच के संबंध में मुझे एक सच्ची कहानी याद आती है, जो आपको दिलचस्प लगेगी, जैसा कि यह मुझे लगी थी, जब डब्ल्यू क्लीमेंट स्टोन ने इसे मुझे सुनाया था।

इन नियोजन रणनीतियों का प्रयोग कीजिए—

1. अपने मस्तिष्क को प्रशिक्षित कीजिए। यदि आपको धार्मिक प्रशिक्षण प्राप्त है तो दिशा-निर्देशन के लिए प्रार्थना करने में आपको फायदा नजर आएगा क्योंकि आपकी सबसे बड़ी शक्ति प्रार्थना की शक्ति में निहित है।

2. अपने परिवार के सदस्यों, अपने व्यापार या व्यवसाय, धन की प्राप्ति और जिस चीज में आपको दिलचस्पी है, उसके संदर्भ में सोचना एक अच्छी आदत है। विशिष्ट उद्देश्यों का होना और उनकी प्राप्ति की समय सीमा का होना वांछनीय है। आपके एक से अधिक निश्चित उद्देश्य हो सकते हैं, जब तक कि आपके उद्देश्यों में टकराहट नहीं हो।

अपने परिवार के सदस्यों, अपने व्यापार या व्यवसाय, धन की प्राप्ति और जिस चीज में आपको दिलचस्पी है, उसके संदर्भ में सोचना एक अच्छी आदत है। विशिष्ट उद्देश्यों का होना और उनकी प्राप्ति की समय सीमा का होना वांछनीय है। आपके एक से अधिक निश्चित उद्देश्य हो सकते हैं, जब तक कि आपके उद्देश्यों में टकराहट नहीं हो।

3. अपने आपसे कुछ प्रश्न पूछिए। उन्हें लिख लीजिए। उदाहरण के लिए, एंटॉनी एथानस से पूछा, ''हमें उद्घाटन की रात किसे आमंत्रित करना चाहिए, जो कि एंटोनीस पीआर-4 में सबसे ज्यादा संख्या में ग्राहकों को आमंत्रित करने में महत्त्वपूर्ण भूमिका निभाएगा?'' अब एंटॉनी को रचनात्मक विचार द्वारा इसका उत्तर मिल गया। जब आप अपने आपसे यह प्रश्न पूछें तो अनेक संभावनाओं पर विचार करें। उन्हें लिख लें। सबसे अधिक वांछनीय के संदर्भ में निर्णय लीजिए, फिर उसे अपनी स्थायी नोटबुक में लिख लीजिए।

4. यह आवश्यक है कि आप स्वयं को जाँचने और परखने का

काम नियमित रूप से, बल्कि अच्छा हो कि दैनिक आधार पर कीजिए। अपनी स्थायी नोट बुक का प्रयोग प्रतिदिन कीजिए।

विद्वानों के कथन—

''समय वह सबसे बहुमूल्य चीज है, जो कोई भी व्यक्ति खर्च कर सकता है।''

—लैरटीअस डायोजिनस

''परिश्रम सौभाग्य की माँ है और मेहनत करनेवालों को ईश्वर सब कुछ देता है।''

—बेंजामिन फ्रैंकलिन

''आपको कभी भी यह समझ में नहीं आएगा कि कितना पर्याप्त होता है, जब तक कि आपको यह नहीं मालूम कि पर्याप्त से अधिक कितना होता है।''

—विलियम ब्लैक

''महान् व्यक्तियों द्वारा नापी गई ऊँचाइयाँ
नहीं हुईं प्राप्त अचानक उड़ान से,
लेकिन वे, जब उनके साथी सो रहे होते थे,
रात में आगे बढ़ने के लिए परिश्रम कर रहे होते थे।''

—हेनरी वर्ड्सवर्थ लॉन्गफेलो

''उत्सुकता की भावना प्रकृति द्वारा दिया गया शिक्षा का मौलिक विद्यालय है।''

—स्माइली ब्लैंटन

''जीवन में अचानक मिलनेवाली अंतर्दृष्टि, जो आपको एक परिवर्तित इनसान बना दे, न केवल परिवर्तित बल्कि एक बेहतर इनसान बना दे, से बढ़कर कुछ भी रोमांचक और फलदायक नहीं है।

—आर्थर गोर्डन

"मेरे लिए पढ़ना एक क्रांतिकारी कार्य था और है भी। इससे मेरे मस्तिष्क को विस्तार मिलता है और इससे मुझे अपनी आत्मा की क्रांति के लिए, अपने मन की क्रांति के लिए और समाज में क्रांति के लिए आवश्यक अस्त्र प्राप्त होता है। पढ़ने के लिए चुनिए, सीखने के लिए चुनिए और स्वप्न देखने के लिए चुनिए।"

—*ब्रटिस बेरी*

कोई व्यक्ति, जो पी.एम.ए. का प्रतिदिन प्रयोग करता है

पी.एम.ए. की शक्ति व्यापक है। यह आपको ऐसी किसी भी जगह पहुँचा सकता है, जहाँ आप जाना चाहते हैं। उसकी मदद से असंख्य लोग सामान्य परिस्थितियों से निकलकर संपत्ति, सुख और सफलता की ऊँचाइयों पर पहुँच गए।

> ***पी.एम.ए. के द्वारा क्या कुछ हो सकता है, इसका श्रेष्ठ उदाहरण डब्ल्यू क्लीमेंट स्टोन हैं एक ऐसा व्यक्ति, जिसने हर संभव तरह से पी.एम.ए. के प्रयोग को अपना धंधा बना लिया। उनका जीवन इस बात का सच्चा नमूना है कि एक अच्छे रचनात्मक भाव का क्या प्रभाव होता है।***

पी.एम.ए. के द्वारा क्या कुछ हो सकता है, इसका श्रेष्ठ उदाहरण डब्ल्यू क्लीमेंट स्टोन हैं एक ऐसा व्यक्ति, जिसने हर संभव तरह से पी.एम.ए. के प्रयोग को अपना धंधा बना लिया। उनका जीवन इस बात का सच्चा नमूना है कि एक अच्छे रचनात्मक भाव का क्या प्रभाव होता है। मैंने लगभग पचास वर्ष तक उनके साथ काम किया और मैं ऐसे किसी भी व्यक्ति को नहीं जानता हूँ, जिसने स्टोन से बेहतर से पी.एम.ए. का प्रयोग किया हो।

किसी भी तरह से देखें तो स्टोन का जीवन सफल है। वह पंचानबे वर्ष से अधिक जीवित रहे, जिसमें पचहत्तर वर्ष तक तो वह उसी महिला

के साथ विवाहित जीवन में रहे, इसी अवधि में उन्होंने धन इकट्‌ठा किया, खुशियों का आनंद लिया और उन्हें अपने साथियों का भी पूरा सम्मान मिला। अमेरिका के सबसे बड़े बीमा संगठनों में से एक एओन इंश्योरेंस कंपनी के एमेरेट चेयरमैन, उन्हें पारंपरिक रूप से अरबपति अनुमानित किया जाता है, न लाखों डॉलर दान में तथा जरूरतमंद लोगों को दिए।

तीन पुस्तकों के लेखक स्टोन को पी.एम.ए. के बारे में अपने विचारों को हजारों लोगों के साथ साझा करने का सम्मान भी मिला, जो उनके लिए काम करके धनवान् बन गए हैं। वह सकारात्मक मानसिक कारवाइयों की शक्ति के समर्पित समर्थक हैं। अपने शब्दों और कार्यों के द्वारा उन्होंने लोगों को दिखाया कि पी.एम.ए. किस प्रकार चमत्कार कर सकता है।

तीन पुस्तकों के लेखक स्टोन को पी.एम.ए. के बारे में अपने विचारों को हजारों लोगों के साथ साझा करने का सम्मान भी मिला, जो उनके लिए काम करके धनवान् बन गए हैं। वह सकारात्मक मानसिक कारवाइयों की शक्ति के समर्पित समर्थक हैं। अपने शब्दों और कार्यों के द्वारा उन्होंने लोगों को दिखाया कि पी.एम.ए. किस प्रकार चमत्कार कर सकता है।

आइए, इस पुस्तक में पी.एम.ए. के विकास के लिए सुझाए गए दस सूत्रों पर नजर डालें और देखें कि किस तरह से डब्ल्यू. क्लीमेंट स्टोन ने उन सभी को कारगर बनाया। उनके जीवन का परीक्षण करके आपको अपने जीवन के लिए पी.एम.ए. की शक्ति के प्रयोग के और भी अनेक तरीके मिल सकते हैं।

पहला सूत्र : पूरे विश्वास के साथ अपने मस्तिष्क को काबू में कीजिए।

इस सूत्र के हिस्से के रूप में पूछे गए अपने विचार को याद रखिए—

मेरा विश्वास है कि मैं अपनी भावनाओं, मूड, संवेदनाओं, बुद्धि, प्रवृत्तियों, भावों, आवेशों और आदतों को सकारात्मक मानसिक भाव के विकास के इरादे से निर्देशित व नियंत्रित कर सकता हूँ।

आइए, सुनते हैं कि आप अपने मस्तिष्क को नियंत्रित कर सकते हैं; पर स्टोन के क्या विचार हैं—

''मैं लंबे समय से इस बात का समर्थक रहा हूँ कि हम अपने विचारों व उक्तियों का चुनाव कर सकते हैं और दिन-प्रतिदिन के जीवन में आनेवाले नकारात्मक विचारों से लड़ने के लिए उन्हें शीघ्र ही अपने चेतन मन में सक्रिय कर सकते हैं।

जब मैं युवा था तो मैंने जान बूझकर अपने आपको इस प्रकार प्रशिक्षित किया, ताकि दूसरों से मिलनेवाले नकारात्मक सुझावों को विफल कर दूँ। यदि किसी ने मुझसे यह कहा, 'यह नहीं हो सकता है।' या 'आप इसे नहीं कर सकते हैं' उसी क्षण मेरा अवचेतन मन इस बात का सकारात्मक रूपांतरण करके मेरे चेतन मन को यह संदेश भेज देता, 'वह नहीं कर सकता, पर मैं तो

जब मैं युवा था तो मैंने जान बूझकर अपने आपको इस प्रकार प्रशिक्षित किया, ताकि दूसरों से मिलनेवाले नकारात्मक सुझावों को विफल कर दूँ। यदि किसी ने मुझसे यह कहा, 'यह नहीं हो सकता है।' या 'आप इसे नहीं कर सकते हैं' उसी क्षण मेरा अवचेतन मन इस बात का सकारात्मक रूपांतरण करके मेरे चेतन मन को यह संदेश भेज देता, 'वह नहीं कर सकता, पर मैं तो कर सकता हूँ।'

कर सकता हूँ।' मैंने इसका इतना अभ्यास किया कि यह मेरी स्वचालित तात्कालिक प्रतिक्रिया बन गई।

स्टोन ने बात को बढ़ा-चढ़ाकर नहीं कहा, बल्कि उन्होंने वास्तविक कहानी को छोटा करके ही बताया। शताब्दी के आरंभ में शिकागो में जनमे स्टोन के पिता की मृत्यु, जब वह तीन वर्ष के थे, तभी हो गई थी। इन दोनों के लालन-पालन के लिए उनकी माँ कठिन परिश्रम करती थी लेकिन पैसों की इतनी कमी थी कि जब स्टोन की उम्र छह वर्ष की थी तो वह गली के कोने पर अखबार बेचने लगे। अखबार बेचनेवाले अन्य लड़के युवा थे और उनके तरीके अशिष्ट थे। उसे भगाने के लिए लड़के उसे पीटते थे।

लेकिन कोई स्टोन को रोक नहीं सका। ग्राहकों की तलाश में वह रेस्तराँ और स्टोर जाने लगे। ''मैंने यह सीखना शुरू किया कि कार्य के माध्यम से अपने भय पर कैसे काबू पाया जाए।''

लेकिन कोई स्टोन को रोक नहीं सका। ग्राहकों की तलाश में वह रेस्तराँ और स्टोर जाने लगे। ''मैंने यह सीखना शुरू किया कि कार्य के माध्यम से अपने भय पर कैसे काबू पाया जाए।'' भय के बावजूद काम करने की क्षमता ही पी.एम.ए. के प्रयोग का सार है। अपने मस्तिष्क की सकारात्मक शक्ति को जीवन में आनेवाली नकारात्मक शक्ति के आगे रखना।

नकारात्मक अनुभव का सकारात्मक विचारों और कार्यों से सामना करना हमेशा आसान नहीं होता है। इसलिए स्टोन ने हमेशा ही आत्म-प्रेरक का प्रयोग किया। वे आकर्षक विचार, जिन्हें याद करके आप शीघ्र ही अपने पी.एम.ए. को उत्तेजित कर सकते हैं।

यहाँ स्टोन के कुछ व्यक्तिगत आत्म-प्रेरक दिए गए हैं।

- इसे अभी कीजिए।

- हमारे सामने समस्या है—यह अच्छा है।
- लक्ष्य ऊँचा रखो।
- हर परेशानी में उनके लिए, जिनके पास पी.एम.ए. है, बराबर अनुपात का या बड़े फायदे के बीज होते हैं।
- सफलता उन्हीं को मिलती है और वे ही इसे बनाए भी रख सकते हैं, जो पी.एम.ए. के साथ कोशिश करते हैं और लगातार करते रहे हैं।

ध्यान दीजिए, इनमें से सभी प्रेरक प्रभावशाली हैं। उन सभी के अंत में विस्मयबोधक चिह्न है। इसलिए कि स्टोन जब कभी भी उन्हें याद करते हैं तो इसका प्रबल मानसिक प्रभाव पड़ता है। यही इसका सार है कि अपने मस्तिष्क पर अपना नियंत्रण करने का क्या अर्थ है। आप उस तरह के मनोभाव का चुनाव करते हैं, जिसके द्वारा आप अपने साथ होने वाली प्रत्येक घटना का मूल्यांकन करते हैं। जैसा कि स्टोन ने कहा, ‘‘यदि एक भी कोई ऐसी विशेषता है, जो सफल लोगों को उनसे अलग करती है, जिनका जीवन असफलता और निराशा से ग्रस्त है, वह है सकारात्मक मानसिक भाव। जब नकारात्मक सोच के व्यक्ति को वह समस्या लगती है, वहीं पी.एम.ए. से युक्त व्यक्ति के लिए वह एक अवसर है। यदि आप सकारात्मक रास्ते का चुनाव करते हैं तो आपका भविष्य असीमित है, यदि आप विजेता की मन:स्थिति का विकास कर लेते हैं तो शीघ्र ही आपको यह मालूम होगा कि आपकी

इनमें से सभी प्रेरक प्रभावशाली हैं। उन सभी के अंत में विस्मयबोधक चिह्न है। इसलिए कि स्टोन जब कभी भी उन्हें याद करते हैं तो इसका प्रबल मानसिक प्रभाव पड़ता है। यही इसका सार है कि अपने मस्तिष्क पर अपना नियंत्रण करने का क्या अर्थ है।

आय और संपत्ति की मात्रा, जो आप अर्जित करते हैं, वह पूर्ण रूप से आप पर निर्भर करती है।''

दूसरा सूत्र : अपना ध्यान उन चीजों पर केंद्रित कीजिए, जो आप चाहते हैं और उनसे दूर रखिए, जो आप नहीं चाहते हैं।

यह सूत्र प्रथम सूत्र का तार्किक परिणाम है। पी.एम.ए. के सामान्य विचारों का विशिष्ट प्रयोग। इसके लिए अभ्यास और निरंतर ध्यान की जरूरत होती है; लेकिन आपको इससे दोहरा फायदा होता है।

1. आप अपने आपको भय और चिंता से मुक्त कर लेते हैं। और
2. आप ऐसी परिस्थितियों का निर्माण करना शुरू कर देते हैं, जो उन चीजों की प्राप्ति के लिए आवश्यक हैं, जो आप प्राप्त करना चाहते हैं।

''जन्म से ही हमारा अनुकूलन इस प्रकार से होता है कि हम नकारात्मक हो जाते हैं।'' स्टोन स्वीकार करते हैं, ''हमें बार-बार यह बताया जाता है कि क्या नहीं करना है और कोई चीज क्यों नहीं की जा सकती है। नकारात्मक शक्तियों को नियंत्रण में रखने के लिए सजग, जागरूक और निरंतर प्रयास करने की जरूरत होती है।''

''जन्म से ही हमारा अनुकूलन इस प्रकार से होता है कि हम नकारात्मक हो जाते हैं।'' स्टोन स्वीकार करते हैं, ''हमें बार-बार यह बताया जाता है कि क्या नहीं करना है और कोई चीज क्यों नहीं की जा सकती है। नकारात्मक शक्तियों को नियंत्रण में रखने के लिए सजग, जागरूक और निरंतर प्रयास करने की जरूरत होती है।''

नब्बे वर्षों से अधिक के एक विक्रेता के रूप में स्टोन को मालूम है कि वह किस चीज के बारे में बात कर रहे हैं। उनमें जीवन में आनेवाली हर समस्या में निहित संभावना

में किसी के लिए 'नहीं' कहने की संभावना भी अंतर्निहित होती थी और किसी श्रेष्ठ विक्रेता को भी मालूम होता है कि ऐसा नियमित होता है। लेकिन संभावित निराशाओं से निपटने का तरीका यह है कि उस संभावना पर ध्यान नहीं देना कि आपको 'नहीं' सुनना पड़ेगा; बल्कि आपको अपना पूरा ध्यान 'हाँ' पर केंद्रित करना चाहिए।

"खुशी और सफलता और दुःख असफलता में थोड़ा सा अंतर यह है कि आपका दृष्टिकोण सकारात्मक है या नकारात्मक है।" स्टोन ने प्रायः यह कहा है। आपका मनोभाव आपके जीवन की उन कुछ एक चीजों में से ही जिनपर आपका पूरा नियंत्रण है।

> ***"खुशी और सफलता और दुःख असफलता में थोड़ा सा अंतर यह है कि आपका दृष्टिकोण सकारात्मक है या नकारात्मक है।" स्टोन ने प्रायः यह कहा है। आपका मनोभाव आपके जीवन की उन कुछ एक चीजों में से ही जिनपर आपका पूरा नियंत्रण है।***

स्टोन यह सुझाव देते हैं कि आप जब कभी भी ऐसी परिस्थितियों में पहुँच जाएँ कि नकारात्मक विचार आपको परास्त करने की धमकी दें तो आपको अपना मस्तिष्क सकारात्मक चीजों पर केंद्रित रखना चाहिए।

उत्साहित रहिए : आगे करनेवाले अपने काम पर उसी तरह से अपना ध्यान केंद्रित रखिए, जिस तरह व्यावसायिक एथलीट आनेवाले अपने खेल पर अपना ध्यान केंद्रित रखते हैं या जिस तरह से एक अभिनेता प्रदर्शन के लिए अपनी भूमिका पर रखते हैं। आप जीतने के लिए हैं—अपने आपको पहले ही विजय के रोमांच का थोड़ा आनंद लेने दीजिए।

आत्म-आश्वस्त रहिए : जो कुछ भी कहा या किया गया है, उसके बावजूद याद रखिए, 'बिक्री' होगी। संभावना यह है कि उसे

या तो आपकी सेवा या आपके उत्पाद क्यों नहीं चाहिए या आप इसे इसकी जरूरत होने के कारण इसे उसे बेचेंगे। 'बिक्री' की परिस्थिति में इस विश्वास के साथ प्रवेश कीजिए कि इस स्थिति पर आपका नियंत्रण होगा और आप बेचेंगे। यदि आपको अपने आप पर विश्वास करने पर परेशानी है। यह नाटक करते हुए शुरुआत कीजिए कि मानो आपको पूरा विश्वास था और आपके भीतर विश्वास की भावना भर जाएगी।

तनाव से मुक्त रहिए : यदि आप घबराए या भयभीत हैं या आपको अपनी भावनाओं पर नियंत्रण करने में परेशानी हो रही है तो उत्साहपूर्ण लहजे में बात कीजिए और अपनी भावनाओं को सामान्य कीजिए। आपकी भावनाएँ हमेशा तार्किक नहीं होती हैं, लेकिन उनपर नियंत्रण किया जा सकता है। इसे करने का एक प्रभावशाली तरीका यह है कि मुसकराइए और याद रखिए, अपनी आँखों और चेहरे के साथ मुसकराइए। हँसिए और तनाव से मुक्त होने के लिए हास्य का सहारा लीजिए। इससे दूसरे लोगों को भी तनाव से राहत मिलेगी, क्योंकि वे भी आपके साथ हँसेंगे और मुसकराएँगे। दूसरों की भावनाओं की परवाह किए बिना ही आपके भीतर यह शक्ति है कि आप किस तरह और क्या कहते हैं और आप क्या करते हैं और कैसे करते हैं, इससे उनकी प्रतिक्रियाएँ प्रभावित होती हैं।

> ***जो कुछ भी कहा या किया गया है, उसके बावजूद याद रखिए, 'बिक्री' होगी। संभावना यह है कि उसे या तो आपकी सेवा या आपके उत्पाद क्यों नहीं चाहिए या आप इसे इसकी जरूरत होने के कारण इसे उसे बेचेंगे।***

स्टोन का इस अंतिम तरीके पर हमेशा नियंत्रण था। एक डेपर ड्रेसर, जो कि अपनी आकृति भिन्न बना लेता है, उसके पास एक मुड़ा हुआ ट्रेडमार्क मूँछ होता है, जिससे उसके चेहरे पर हमेशा मुसकान के संकेत

मिलते हैं। वह किसी भी बैठक की शुरुआत अच्छी खबर से करता है। प्राय: कम-से-कम पाँच वस्तुओं की सूची से, चाहे यह बैठक निदेशक मंडल के साथ हो या विक्रय प्रतिनिधियों के साथ। वह जो कुछ भी बाद में हुआ है, उसमें सकारात्मक रोमांच लेता है और इसका प्रयोग अपने मनोबल को प्रज्वलित करने में करता है और इस उत्साह को उस कमरे में बैठे सभी लोगों तक फैला देता है। हो सकता है कि वह वहाँ यह खबर देने के लिए हो कि कोई चीज योजना के अनुरूप नहीं हुई या अनुत्साहित प्रदर्शकों के समूह से बात करने के लिए हो, उसका उद्देश्य चाहे जो भी हो वह सभी लोगों का ध्यान चीजों पर केंद्रित करके करता है, जो हो रहा है; इस तरह वह यह सुनिश्चित करता है कि वे घटित होती रहें।

स्टोन का इस अंतिम तरीके पर हमेशा नियंत्रण था। एक डेपर ड्रेसर, जो कि अपनी आकृति भिन्न बना लेता है, उसके पास एक मुड़ा हुआ ट्रेडमार्क मूँछ होता है, जिससे उसके चेहरे पर हमेशा मुसकान के संकेत मिलते हैं। वह किसी भी बैठक की शुरुआत अच्छी खबर से करता है।

एक और चीज, जिस पर स्टोन अपनी अपार शक्ति पर अपना मस्तिष्क केंद्रित करना नहीं चाहते हैं, इतने वर्षों से मैं उसे जानता हूँ। एक मित्र और एक व्यावसायिक सहयोगी के रूप में मैंने कभी नहीं सुना कि वह किसी भी निराशा को 'स्टैस' से ज्यादा मजबूत किसी शब्द से कभी स्वीकार नहीं करते। एक ऐसा व्यक्ति, जिसके पास अरबों डालर का साम्राज्य है, जो अपने स्वागत न किए जाने की खबर को भी, जिसमें अनेक रुचियाँ हैं, स्वीकार करता है। मानसिक नियंत्रण का यह एक अद्‍भुत उदाहरण है।

कभी-कभार हम सभी के मुँह से कभी-न-कभी क्रोध के शब्द निकल जाते हैं, जो किसी मानसिक असंतुलन की पहचान कदापि नहीं

है, लेकिन प्रायः वे क्रोध या निराशा की अवस्था में ही हमारे मुँह से निकलते हैं, जिससे यह पता चलता है कि नकारात्मक भाव कितने शक्तिशाली होते हैं और तब हम अचंभित हो जाते हैं। स्टोन का अद्‌भुत रिकॉर्ड इस बात का प्रमाण है कि उनकी मानसिक प्रतिक्रियाएँ इस प्रकार अनुकूलित थीं कि वे किसी भी परिस्थिति में सकारात्मक ही रहती थीं।

कभी-कभार हम सभी के मुँह से कभी-न-कभी क्रोध के शब्द निकल जाते हैं, जो किसी मानसिक असंतुलन की पहचान कदापि नहीं है, लेकिन प्रायः वे क्रोध या निराशा की अवस्था में ही हमारे मुँह से निकलते हैं, जिससे यह पता चलता है कि नकारात्मक भाव कितने शक्तिशाली होते हैं और तब हम अचंभित हो जाते हैं।

हर बार जब आप अपनी मानसिक भावनाओं पर नियंत्रण के साथ किसी निराशा का सामना करते हैं तो यह बेंच प्रेस को अतिरिक्त झटका देने के समान है। आप अपने मस्तिष्क को अधिक स्वस्थ और पहले से अधिक काम करने के लिए प्रशिक्षित करते हैं, जैसा कि स्टोन कहते हैं, ''पी.एम.ए. एक प्रक्रिया है, जिसका तब तक हर जागरूक क्षण में अभ्यास किया जाना चाहिए, जब तक कि इसे आत्म-शंका को आत्म-विश्वास के साथ सामना करने की आदत न बन जाए। जिस प्रकार व्यायाम और निरंतर प्रयोग से आपकी मांसपेशियाँ मजबूत और लचीली बनती हैं, उसी तरह से आपका मस्तिष्क भी बदलता है।''

तीसरा सूत्र : स्वर्णिम नियमों का पालन कीजिए।

दूसरों के साथ वैसा ही व्यवहार कीजिए जैसा कि आप दूसरों से अपने साथ किए जाने की अपेक्षा करते हैं। शायद आपने बचपन से ही यह कई बार सुना होगा कि यदि आप दुबारा इसका सामना करते हैं

तो आपका मस्तिष्क थोड़ा सुन्न हो जाता है। यदि आप इसे होने देते हैं तो आप अपने आपको उस ज्ञान और लाभ से वंचित कर रहे हैं, जो पी.एम.ए. के सबसे मौलिक विचारों में से एक होता है।

अपने लंबे कैरियर में स्टोन ने उन हजारों विक्रय प्रतिनिधियों से निपटा, जिन्होंने उनके लिए काम किया। उन सबके साथ संबंधों में उन्होंने पूरी स्वतंत्रता बरती, यह जानते हुए भी कि समय और पैसों के संदर्भ में इसका क्या मूल्य है, क्योंकि वह जानते थे कि किसी भी रूप में यह उन्हें वापस मिल जाएगा।

मेरी नई–नई शादी हुई थी और मैं अपना पहला घर खरीदने की कोशिश कर रहा था, तभी मुझे पता चला कि स्टोन कितने उदार हो सकते हैं। मैंने कर्ज के लिए अर्जी दी थी, जिसे इस आधार पर खारिज कर दिया गया, क्योंकि मेरी मासिक आय मात्र 30 डॉलर थी, जो ऋण की मेरी पात्रता के लिए बहुत ही कम थी।

मेरी नई–नई शादी हुई थी और मैं अपना पहला घर खरीदने की कोशिश कर रहा था, तभी मुझे पता चला कि स्टोन कितने उदार हो सकते हैं। मैंने कर्ज के लिए अर्जी दी थी, जिसे इस आधार पर खारिज कर दिया गया, क्योंकि मेरी मासिक आय मात्र 30 डॉलर थी, जो ऋण की मेरी पात्रता के लिए बहुत ही कम थी। ठीक है, मैं समझ गया। यह बात खत्म हो गई और बहुत समय नहीं बीता था कि मेरी आय पर्याप्त हो गई। जब ऐसा हुआ तो मैंने अपनी पत्नी से कहा कि हम एक दूसरा घर ढूँढ़ लेंगे, जो हमें उतना ही पसंद होगा।

यह बात कंपनी में फैल गई कि मुझे निराशा हुई और फिर मुझे स्टोन के कार्यालय में बुला लिया गया। ''माइक, क्या यह बात सच है कि मात्र 30 डॉलर आय होने के कारण तुम्हें उस घर से हाथ धोना पड़ा?

उन्होंने पूछा कि जब मैंने उनकी बातों से सहमति जताई तो अचंभित हो गए, बल्कि आहत दिखे।

"ठीक है, आप मेरे पास क्यों नहीं आए? आपकी सहायता करके मुझे खुशी मिलती।" और ठीक उसी समय उन्होंने मेरी आय उतनी बढ़ा दी, जिसकी मुझे अपना पहला घर खरीदने के लिए जरूरत थी।

30 डॉलर प्रतिमाह स्टोन के लिए कोई मापने नहीं रखता था, लेकिन इससे मेरे और मेरी पत्नी के जीवन में बहुत अंतर आया। यद्यपि स्टोन ने मुझे वे पैसे दिए, लेकिन मैंने पहले से कहीं ज्यादा परिश्रम करके उन्हें वे पैसे लौटा दिए। मैं हर रात देर तक काम करता, सप्ताहांत में भी कार्यालय आता, ताकि उन्हें इस बात का यकीन हो कि उन्होंने मेरे साथ जो कुछ भी किया, उसकी मैं सराहना करता हूँ।

30 डॉलर प्रतिमाह स्टोन के लिए कोई मापने नहीं रखता था, लेकिन इससे मेरे और मेरी पत्नी के जीवन में बहुत अंतर आया। यद्यपि स्टोन ने मुझे वे पैसे दिए, लेकिन मैंने पहले से कहीं ज्यादा परिश्रम करके उन्हें वे पैसे लौटा दिए।

स्वाभाविक और तात्कालिक उदारता स्टोन के जीवन की विशिष्टता थी। यदा-कदा समाचार-पत्रों में ऐसे लेख आते रहते हैं कि किसी परिवार का घर बरबाद कर दिया गया, या शहर से बाहर के दंपती के पैसे चुरा लिये गए। कुछ एक दिनों के बाद रहस्यमय एक दाता के बारे में लेख छपता कि उसने उस परिवार के कपड़ों की क्षतिपूर्ति कर दी या दंपती के होटल का किराया अदा कर दिया और उन्हें घर वापस भेजने के टिकट भी दे दिए।

हमसे उन लोगों ने, जिन्होंने स्टोन को ऐसी कहानियाँ सुनते हुए उनके चेहरे पर उभरकर आनेवाली चिंताएँ देखी थीं, जानते कि वह छोटा लड़का, जिसने छह वर्ष की उम्र में काम करना शुरू किया, वही

प्रायः वह रहस्यमय दाता है। उनके लिए तो यह लगभग शौक के समान था। "हम जितना ज्यादा कमाएँ, उतना ही हमें दूसरों के साथ उसकी साझेदारी करनी चाहिए।" एक बार उन्होंने लिखा—"एक चीज, जो मैंने निश्चित रूप से सीखी है, वह यह है कि सचमुच में सफल लोगों की यह आदत होती है कि वे अपनी संपत्ति की साझेदारी करते हैं।" उन लोगों ने अपने अनुभवों से यह सीखा है कि जब आप अपना कुछ देते हैं, जब आप बिना किसी पुरस्कार या लालच के कोई अच्छा काम करते हैं, इससे आपको एक अद्‌भुत अनुभूति मिलती है और आप जितनी साझेदारी करते हैं, उतना ही आप प्रेरित होते हैं।"

स्टोन के स्वर्णिम नियमों का प्रयोग छोटी चीजों तक ही सीमित नहीं था। उन्होंने तमाम संपत्ति अनेक योग्य संस्थाओं को दी, जिनमें विभिन्न प्रकार के समूह जैसे कि अमेरिकन इंडियन सेंटर, द बॉयज एंड गर्ल्स क्लब ऑफ अमेरिका, द शिकागो लिरिक ओपेरा, द मैसाचुसेट्स आई एंड ईयर इन्फरमेरी, द नेशनल कॉन्फ्रेस ऑफ क्रिश्चियन एंड ज्यूज और द सॅल्वेशन आर्मी शामिल है।

स्टोन के स्वर्णिम नियमों का प्रयोग छोटी चीजों तक ही सीमित नहीं था। उन्होंने तमाम संपत्ति अनेक योग्य संस्थाओं को दी, जिनमें विभिन्न प्रकार के समूह जैसे कि अमेरिकन इंडियन सेंटर, द बॉयज एंड गर्ल्स क्लब ऑफ अमेरिका, द शिकागो लिरिक ओपेरा, द मैसाचुसेट्स आई एंड ईयर इन्फरमेरी, द नेशनल कॉन्फ्रेस ऑफ क्रिश्चियन एंड ज्यूज और द सॅल्वेशन आर्मी शामिल है।

उनकी अप्रतिम सफलता ने स्टोन को अद्‌भुत रूप से उदार बना दिया; लेकिन इस उदारता के पीछे सोचने का एक तरीका है, जिसे एक बार मैंने उन्हें बहुत ही साधारण ढंग से व्यक्त करते हुए सुना। किसी

ने उनसे मजाक में यह कहा कि क्या वह इस बात से भयभीत नहीं हैं कि कुछ लोग कुछ डॉलर प्राप्त करने के लिए उनका प्रयोग कर रहे हैं।

स्टोन मुसकराए और कहा, ''मैं वास्तव में यह कभी नहीं जान सकता हूँ कि वह व्यक्ति, जो मेरे पास आता है, अवसरवादी है या वह कोई व्यक्ति, जो अपनी वास्तविक जरूरत के लिए ईश्वर द्वारा मेरे पास भेजा गया है; लेकिन मैं हमेशा इस तरह से काम करता हूँ मानो ईश्वर चाहता है कि मैं उनकी मदद करूँ, तभी वे मेरे पास आए हैं। मैं मानता हूँ कि उसने मेरे साथ जो उपकार किए हैं, उसे वापस देने से मैं कभी भी मना नहीं कर सकता हूँ।''

मैं वास्तव में यह कभी नहीं जान सकता हूँ कि वह व्यक्ति, जो मेरे पास आता है, अवसरवादी है या वह कोई व्यक्ति, जो अपनी वास्तविक जरूरत के लिए ईश्वर द्वारा मेरे पास भेजा गया है; लेकिन मैं हमेशा इस तरह से काम करता हूँ मानो ईश्वर चाहता है कि मैं उनकी मदद करूँ, तभी वे मेरे पास आए हैं।

आप शायद ऐसी स्थिति में न हों कि धन के मामले में कितना उदार बन पाएँ, पर हो नहीं सकते हैं, लेकिन आप अपना समय, सद्‌भावना, और उत्साह उन्हें तो दे ही सकते हैं, जिन्हें इसकी जरूरत हो और उन्हें भी, जिन्होंने आपसे यह नहीं माँगा हो। आप अपने जीवन में आनेवाले सभी व्यक्तियों यह अपेक्षा कर सकते हैं कि वे भी आपके साथ ऐसा ही व्यवहार करेंगे।

चौथा सूत्र : आत्म-निरीक्षण करके सभी नकारात्मक विचार निकाल दीजिए।

हर किसी के मन में नकारात्मक विचार आते हैं। भय और शंका का होना मानव स्वभाव है; लेकिन उन विचारों को पहचानना और उसका

प्रतिकार करना सफल व्यक्तियों की प्रकृति होती है।

बीमा के व्यवसाय में स्टोन का पदार्पण, जिसमें उन्हें सफलता मिली, आसान नहीं था। उनकी माँ ने डेट्रॉयट में एक छोटी सी एजेंसी ही खरीदी थी और उस पॉलिसी को पढ़ने के लिए अपने पुत्र को सिर्फ एक दिन का समय दिया। उन लोगों ने सड़क पर बने विशाल कार्यालय की इमारत के सामने स्टोन की ओर इशारा करते हुए पॉलिसी बेचते हुए कहा था कि अब आप भी इसे बेचना शुरू कीजिए।

पहले दिन, अनगिनत प्रयासों के बाद स्टोन सिर्फ दो पॉलिसी बेचने में ही सफल हुए। दूसरे दिन उन्होंने चार पॉलिसियाँ बेचीं और उसके अगले दिन छह। उनमें निरंतर सुधार होता जा रहा था, लेकिन हर दिन सुबह-सवेरे कार्यालय की इमारत में प्रवेश करते हुए उन्हें हिचकिचाहट महसूस होती।

पहले दिन, अनगिनत प्रयासों के बाद स्टोन सिर्फ दो पॉलिसी बेचने में ही सफल हुए। दूसरे दिन उन्होंने चार पॉलिसियाँ बेचीं और उसके अगले दिन छह। उनमें निरंतर सुधार होता जा रहा था, लेकिन हर दिन सुबह-सवेरे कार्यालय की इमारत में प्रवेश करते हुए उन्हें हिचकिचाहट महसूस होती।

''दरवाजा खुलने के भय को मैंने नहीं जाना था।'' वह याद करते हैं।

लेकिन थोड़ा सोचने के बाद मैंने यह तर्क किया, ''सफलता तो उन्हें ही मिलती है, जो कोशिश करते हैं और वहाँ जहाँ प्रयास में कुछ खोना नहीं है और यदि सफल हुए तो बहुत कुछ प्राप्त हो सकता है। पूरे तन-मन से प्रयास करो।''

इन आत्म-प्रेरकों से मेरे तर्क संतुष्ट हुए, लेकिन मैं अब भी भयभीत था। तब पूरी तरह सक्रिय होना जरूरी हो गया था। तब मैंने एक आत्म-प्रेरक का सहारा लिया—इसे अभी करो।

इस तरह से मैंने पाया कि मैं अपने आपको सक्रिय करने की आदत के विश्वास के लिए विवश कर पाया। जैसे ही मैं एक कार्यालय से निकलता, शीघ्र ही दूसरे कार्यालय की ओर भागता। मुझे झिझक महसूस होती तो फिर मैं अपने आपसे यह दोहराता, 'इसे अभी करो।'

एक बार मैं किसी व्यावसायिक स्थान पर था। मैं फिर भी सहज नहीं था। लेकिन शीघ्र ही मुझे यह पता चल गया कि अपनी आवाज पर नियंत्रण करके किस तरह किसी अजनबी से बात करने के भय को प्रभावित किया जाता है। मैं तेजी से और जोर-जोर से बोला; लेकिन हमेशा अपनी आवाज में एक मुसकान को बनाए रखा और आवाज के उतार-चढ़ाव का प्रयोग किया। बाद में मुझे यह पता चला कि यह तरीका हार्वर्ड के प्रोफेसर विलियम जेम्स के स्वर मनोवैज्ञानिक सिद्धांत पर आधारित था। कुछ भावनाएँ हैं जैसे कि भय, हमेशा तर्क के अधीन नहीं होती हैं, लेकिन वे हमेशा शीघ्र काररवाई के अधीन होती हैं। जब कोई विचार किसी अवांछनीय भावना को निष्प्रभावित नहीं करता है तो काररवाई कर देगा।

एक बार मैं किसी व्यावसायिक स्थान पर था। मैं फिर भी सहज नहीं था। लेकिन शीघ्र ही मुझे यह पता चल गया कि अपनी आवाज पर नियंत्रण करके किस तरह किसी अजनबी से बात करने के भय को प्रभावित किया जाता है।

यह वही चीज है, जिसे मैं एक अखबार वितरक के रूप में करता था। यदि आप काररवाई करते हैं और भय के बावजूद प्रयास करते रहते हैं तो यह नकारात्मक भावना अंततः निष्प्रभावी हो जाएगी।

भय पर नियंत्रण प्राप्त करने के लिए साहस व धैर्य की जरूरत होती है। प्रत्येक विचार और काररवाई की सीखी हुई आदतें हैं। फिर भी, यदि आप इसकी पहचान नहीं कर पाते हैं तो संभावित रूप से पहले

ही आप में साहस व धैर्य है, क्योंकि आप जब भी इन संभावित शक्तियों का प्रयोग करते हैं, तो आप इसके प्रयोग की आदत का विकास करने लगते हैं और जब आपको लक्ष्य-निर्धारण, धैर्य, मन की दृढ़ता, साहस, कठोरता और आत्म-बल की आदत पड़ जाती है और आप अधिकाधिक विक्रय का लगातार प्रयास करते हैं तो आप बहुत बिक्री कर लेते हैं।

वास्तव में दोहराने की शक्ति आपको अपने लिए निर्धारित किए गए उपयुक्त कार्य में मदद करती है। यह आपके मस्तिष्क को बाधाओं और निराशाओं से बाहर निकालने के लिए और मन में आनेवाले निराशाजनक विचारों पर ध्यान न देने के लिए तैयार कर देती है। फिर भी वैसे लोग भी, जो प्रबल पी.एम.ए. से युक्त वातावरण में रहते हैं और काम करते हैं, उनके भीतर भी नकारात्मक विचार पाए जा सकते हैं।

वास्तव में दोहराने की शक्ति आपको अपने लिए निर्धारित किए गए उपयुक्त कार्य में मदद करती है। यह आपके मस्तिष्क को बाधाओं और निराशाओं से बाहर निकालने के लिए और मन में आनेवाले निराशाजनक विचारों पर ध्यान न देने के लिए तैयार कर देती है।

यह होने का सबसे आसान तरीका यह है कि आप किसी के बारे में नकारात्मक विचारों को शिकायत का रूप लेने देते हैं। ऐसा लग सकता है कि आप सबकुछ के बावजूद सकारात्मक बने हुए हैं आप अपने बारे में कुछ भी गलत नहीं कह रहे हैं लेकिन किसी के काम आने की आदत को नीचा दिखाकर या उनके बारे में कुछ और करना नकारात्मक मानसिक भाव का संकेत है और आप अपने आपसे सिर्फ मजाक कर रहे हैं, यदि आप यह सोचते हैं कि इसका आप पर अच्छा प्रभाव पड़ेगा।

एक विशाल विक्रय बल का प्रबंध न करते हुए स्टोन को कभी-कभी कर्मचारी द्वारा दूसरे की बातें करते हुए सुनने का मौका मिलता

था। जब कभी वह किसी से ऐसा एक भी वाक्य सुनते थे, जिसका आशय सह कर्मचारी की बुराई होता था या किसी वास्तविक समस्या का संकेत करना भी होता तो वह कहते, ''रुकिए, उस कर्मचारी के बारे में कोई पाँच अच्छी बात ढूँढ़कर मुझे बताइए और फिर यह फैसला कीजिए कि आपके पास कहने के लिए कुछ और है।''

यह दृष्टिकोण भी कारगर होगा, जब आपके मन में लगातार कोई नकारात्मक बात उभरती है। उस स्थिति के संदर्भ में पाँच अच्छे विचार ढूँढ़िए और आप देखेंगे कि आपको शायद वह शिकायत याद भी न हो, जिससे आपने सबसे पहले शुरुआत की थी।

यह एक प्रभावशाली तरीका है, क्योंकि इससे व्यक्ति को पहले सकारात्मक बातों की ओर देखने को विवश होना पड़ता है। लगभग हर बार जब पाँच अच्छी बातें बता दी गईं तो बुरी बातें महत्त्वहीन हो जाती थीं।

यह दृष्टिकोण भी कारगर होगा, जब आपके मन में लगातार कोई नकारात्मक बात उभरती है। उस स्थिति के संदर्भ में पाँच अच्छे विचार ढूँढ़िए और आप देखेंगे कि आपको शायद वह शिकायत याद भी न हो, जिससे आपने सबसे पहले शुरुआत की थी।

पाँचवाँ सूत्र : खुश रहिए और दूसरों को भी खुश रखिए।

खुशी प्रचंड रूप से फैलनेवाली और आकर्षक है। यदि आप किसी पार्टी में जाते हैं और लोगों के दो समूहों को देखते हैं, एक हँसता-मुसकराता हुआ और दूसरा तेवर चढ़ाए कुढ़ा हुआ, तो आप इनमें से किसके निकट खड़ा होना चाहेंगे?

यदि आप अपने आपको खुश रखने का प्रयास करते हैं तो आपके आस-पास के लोग भी खुश हो जाएँगे। यह एक साधारण सिद्धांत है;

लेकिन एक ऐसा सिद्धांत, जिसे कई लोग अपनाना ही भूल जाते हैं। खुश होना आसान भी है, जब चीजें आपके अनुरूप हो रही हैं; लेकिन इससे भी ज्यादा महत्त्वपूर्ण तब हैं, जब वे आपके अनुसार नहीं हो रही हैं।

स्टोन की लोकप्रिय कहानियों में से एक कहानी उस महिला की है, जिसे 'ग्रैंड मदर नेडरो' के नाम से जाना जाता था। जीवन के अंतिम पड़ाव में ग्रैंड मदर नेडरो की आँखों की रोशनी चली गई और शुरू में वह काफी चिड़चिड़ी हो गई; लेकिन उसने अपने आंतरिक पी.एम.ए. का सहारा लिया और शारीरिक लाचारी को स्वीकार करने का फैसला किया तथा इस तरह से उसने सिर्फ एक काम किया और अपना मनोभाव बदल लिया।

स्टोन की लोकप्रिय कहानियों में से एक कहानी उस महिला की है, जिसे 'ग्रैंड मदर नेडरो' के नाम से जाना जाता था। जीवन के अंतिम पड़ाव में ग्रैंड मदर नेडरो की आँखों की रोशनी चली गई और शुरू में वह काफी चिड़चिड़ी हो गई"

ग्रैडं मदर नेडरो की पोती ने स्टोन को बताया, "दादी ने मुझे हर रात सोने से पहले उस विशेष दिन अपने साथ होनेवाली अच्छी चीजों के लिए और सुबह में जागने पर अपने जीवन में मिलनेवाली सभी अच्छी चीजों के लिए ईश्वर को धन्यवाद करने के लिए प्रोत्साहित किया। इस तरह से मैं हर दिन की शुरुआत सुख और संतुष्टि की भावना से करती; क्योंकि जिन चीजों को मैं बदल नहीं सकती, उनके बारे में चिंता करने की अपेक्षा मैंने सक्रिय रूप में उन चीजों के बारे में सोचना शुरू किया, जो मैं बदलना नहीं चाहती थी। वे चीजें, जिन्हें मैं प्यार करती थी, वे जो मुझसे प्यार करते थे, मुझे मिलनेवाले अच्छे सौभाग्य या संक्षेप में यह जाने बिना कि पी.एम.ए. क्या है, दादी ने मुझे दिन की शुरुआत सकारात्मक मानसिक भाव के साथ करना सिखाया।"

स्टोन जानते हैं कि सुख या दुःख व्यक्ति के जीवन के प्रत्येक विवरण को प्रभावित कर सकते हैं। वह यह कहानी सुनाते हैं—

मैंने ग्रैंड मदर नेडरो की कहानी का प्रयोग एक सफल युवा विक्रय प्रबंधक की समस्या के समाधान में मदद के लिए किया। वह न तो अंधा था और न ही उसका स्वास्थ्य खराब था और वह अच्छा कमाता भी था। अधिकांश लोगों को यह लगेगा कि उसके पास जीवन की वे सारी चीजें हैं, जिसकी कोई कामना करता है। उसके पास था भी; लेकिन उसकी समस्या यह थी कि दुःखी होने का कोई वास्तविक कारण जाने बिना ही वह दुःखी थी।

मैंने ग्रैंड मदर नेडरो की कहानी का प्रयोग एक सफल युवा विक्रय प्रबंधक की समस्या के समाधान में मदद के लिए किया। वह न तो अंधा था और न ही उसका स्वास्थ्य खराब था और वह अच्छा कमाता भी था। अधिकांश लोगों को यह लगेगा कि उसके पास जीवन की वे सारी चीजें हैं, जिसकी कोई कामना करता है।

उसके साथ लंबी बातचीत के बाद यह निश्चय करना आसान हो गया कि क्या था उसके दुःख का कारण। उसके द्वारा दूसरों के मन में घृणा पैदा करने से ऐसा हुआ था। एक विक्रय प्रबंधक के रूप में वह अपनी अपेक्षाओं के प्रति संभावित प्रतिक्रिया के लिए संवेदनशील होता था। वह उन्हें आकर्षित करता था। लेकिन सामाजिक रूप से और दूसरों के प्रति, जो उनके साथ काम करते थे, वह असंवेदनशील था। जब वह लोगों के साथ आक्रामक और विचारहीन तरीके से बहस करता तो उनसे मिलनेवाली विपरीत प्रतिक्रियाओं पर वह हमेशा अचंभित लगता था। वह उनका विरोध करता।

मैंने ग्रैंड मदर नेडरो की कहानी उसे बताई, यह दिखाने के लिए

कि यदि वह अपना भाव बदल ले तो वह अपना जीवन बदल सकता है। मैंने कहा, ''बिक्री के मामले में आप बहुत अच्छे हैं। सिर्फ यह सोचिए कि आप किस तरह अपने सहयोगियों, कर्मचारियों और अपने सामाजिक संपर्कों से सद्भावना प्राप्त कर सकते हैं। यदि आप उनके प्रति अपने मनोभाव को नकारात्मक से सकारात्मक कर लें तो—यदि आप इस बात के प्रति सावधान हो जाते हैं कि आपने क्या कहा और कैसे कहा।''

शुरू में तो वह रक्षात्मक था, एक ऐसी प्रतिक्रिया, जो किसी ऐसे व्यक्ति से अपेक्षित होती है, जो दूसरों के प्रति असंवेदनशील हो, लेकिन अपने आचरण की रक्षा की तुलना में उसकी ज्यादा रुचि समस्या के समाधान में थी। वह पूरी निष्ठा से खुद की मदद करना चाहता था। उसने पूछा, ''आप क्या अनुशंसा करते हैं?''

शुरू में तो वह रक्षात्मक था, एक ऐसी प्रतिक्रिया, जो किसी ऐसे व्यक्ति से अपेक्षित होती है, जो दूसरों के प्रति असंवेदनशील हो, लेकिन अपने आचरण की रक्षा की तुलना में उसकी ज्यादा रुचि समस्या के समाधान में थी।

''आत्म-सुझाव का प्रयोग कीजिए,'' मैंने उसे बताया। पूरे मनोयोग और संवेदना के साथ 50 बार सुबह और 50 बार शाम को एक सप्ताह या दस दिन तक दोहराइए—

• दूसरों के साथ वही व्यवहार कीजिए, जो आप दूसरों से अपने साथ किए जाने की अपेक्षा करते हैं।

• दूसरों को कभी ऐसा कुछ मत कहिए या उनके साथ ऐसा कुछ मत कीजिए, जो आप उनसे अपने लिए कहे जाने या किए जाने की अपेक्षा नहीं करते हैं।

''आप सही समय पर सही बात कहकर खुद को बेचने में काफी

होशियार हैं, दूसरों की भावनाओं के प्रति अधिक विचारशील होकर।''

बहुत थोड़े समय के बाद ही अद्‌भुत चीजें घटित होने लगीं। उसके सहयोगी, कर्मचारी और मित्रों ने भी इस बदलाव को देखा; लेकिन सबसे बढ़कर वह अपना जीवन नकारात्मक से सकारात्मक में बदलने में समर्थ था, क्योंकि उसने अपना भाव ही बदल लिया।

निस्संदेह, हो सकता है कि स्टोन की सुझाव का उस पर इतना महत्त्वपूर्ण प्रभाव न पड़ा होता, यदि वह स्वयं भी खुले मन और खुश दिल इनसान न होता। लेकिन यह खुश रहने के फायदे को इंगित करता है, आप में दूसरों पर अच्छा प्रभाव डालने की शक्ति आ जाती है।

छठा सूत्र : सहनशीलता की आदत डालिए।

सकारात्मक मानसिक भाव के कारण आप में वह लचीलापन आ जाता है, जिस कारण आप उन लोगों के साथ भी घुल मिल जाते हैं और काम करते हैं, जिनके विचार आपसे भिन्न होते हैं, आज के आधुनिक समाज में ऐसे मुद्‌दों की कतई कमी नहीं है जिनपर लोगों में तीव्र मतभेद होता है; लेकिन इसका अर्थ यह बिल्कुल भी नहीं है कि जब बड़े मुद्‌दों की बात हो तो हमें एक-दूसरे का पर्याप्त सम्मान करने के सामान्य कारण न हों या सहज रूप से यह समझने की कोशिश करें कि हमारे मतभेद का कारण क्या है।

> ***सकारात्मक मानसिक भाव के कारण आप में वह लचीलापन आ जाता है, जिस कारण आप उन लोगों के साथ भी घुल मिल जाते हैं और काम करते हैं, जिनके विचार आपसे भिन्न होते हैं, आज के आधुनिक समाज में ऐसे मुद्‌दों की कतई कमी नहीं है जिनपर लोगों में तीव्र मतभेद होता है...***

आपको प्रायः ऐसे लोग बहुत मिलेंगे, जिनके विचार आपके

विचारों से भिन्न होते हैं। यदि उन्हें आप अपने मित्र और सहयोगियों की सूची से निकाल देते हैं तो आप अपना ही संसार छोटा करके खुद को आहत करते हैं। शायद लोगों के बीच संघर्ष का एक प्रमुख कारण यह है कि हम उनके विचारों के मतभेद को अपने उन विचारों, जिनका हम समर्थन करते हैं, के नकारे जाने के रूप में देखते हैं और इस प्रकार से खुद के भी।

स्टोन एक युवा और अति प्रेरित विक्रेता की कहानी को याद करना पसंद करते हैं, जो जूते की एक दुकान के मालिक के पास अपना बीमा बेचने के उद्देश्य से गया। उसके साथ उसका विक्रय प्रबंधक भी गया और बोली लगाई गई। वह अपने बॉस के सामने अपना प्रभाव जमाना चाहती थी।

स्टोन एक युवा और अति प्रेरित विक्रेता की कहानी को याद करना पसंद करते हैं, जो जूते की एक दुकान के मालिक के पास अपना बीमा बेचने के उद्देश्य से गया। उसके साथ उसका विक्रय प्रबंधक भी गया और बोली लगाई गई। वह अपने बॉस के सामने अपना प्रभाव जमाना चाहती थी।

दुकान के मालिक को बीमा खरीदने में दिलचस्पी नहीं थी, लेकिन यह अवांछनीय और निश्चित रूप से अनुत्पादक था। जब वे दुकान से बाहर आ गए तो उसके बिक्री प्रबंधक ने यह रेखांकित किया कि दुकान के मालिक ने उसे अपना समय दिया, जिसके लिए उसे उसका आभारी होना चाहिए। बदले में उसने उसे अपने उत्पाद को नकार दिए जाने को अन्यथा लिया और इस तरह उस दुकान मालिक से दोबारा मिलने की संभावना को असंभव बना दिया। वास्तव में, अब बहुत संभव है कि दुकान का मालिक इस अनुभव के आधार पर किसी विक्रेता से बात करने के लिए सहमत होने के प्रति सावधान रहेगा।

यह असहनशील प्रतिक्रिया का व्यापक प्रभाव है। यह दोनों पक्षों

को प्रभावित करती है। जैसा कि स्टोन कहते हैं, ''यदि आपकी भावनाएँ सहज ही आहत होती हैं तो आप ऐसे व्यक्ति हैं, जो बार-बार दूसरों की भावनाओं को आहत करते हैं। आपके अपने नकारात्मक विचार दूसरों के विचारों की दिशा को बदलकर गहन नकारात्मक शक्ति उत्पन्न करते हैं। वे अपने विचारों को आपके अपने नकारात्मक भावों के साथ क्रमबद्ध कर लेते हैं। यदि आपकी भावनाएँ कभी-कभार या कभी भी आहत नहीं होती हैं, तब यह सुरक्षित बाजी है कि आप एक सकारात्मक व आशावादी व्यक्ति हैं जिसे दूसरों की भावनाओं की गहराई की समझ होती है और उनकी प्रतिक्रियाओं को आप उसी दिशा में मोड़ देंगे।''

मैंने वर्षों पहले कोई चीज सीखी, जब मैं अपनी बेंच के एक ओर बैठा और बेंच की दूसरी ओर कुछ विक्रेता बैठे होते थे और वे किसी बात पर बड़े क्रोधित होते थे। तब मैं अपने आपसे कहता था, 'धैर्य, धैर्य, धैर्य और इस व्यक्ति के क्रोध से मेल खाती प्रतिक्रिया मत करो।'

स्टोन यह भी याद करते हैं कि ''मैंने वर्षों पहले कोई चीज सीखी, जब मैं अपनी बेंच के एक ओर बैठा और बेंच की दूसरी ओर कुछ विक्रेता बैठे होते थे और वे किसी बात पर बड़े क्रोधित होते थे। तब मैं अपने आपसे कहता था, 'धैर्य, धैर्य, धैर्य और इस व्यक्ति के क्रोध से मेल खाती प्रतिक्रिया मत करो।' बहुत जल्द ही उस व्यक्ति ने अपने से इस विषय पर बात की। चूँकि वे जितनी ज्यादा बातें करते, उतना ही ज्यादा उन्हें अपनी गलती का अहसास होता और जब वे चुप हो जाते, तब मैं उनसे शांत आवाज में बातें करता और हम समस्या का समाधान कर पाते। यदि कोई अन्य व्यक्ति गुस्से में है तो आप क्रोधित होना नहीं चाहते हैं। आप स्थिति को काबू में करना चाहते हैं।''

स्टोन स्वयं भी एक दृढ़ विश्वास के व्यक्ति हैं। वह काफी लंबे समय से रिपब्लिकन पार्टी में सक्रिय रहे हैं। यद्यपि वह जिन चीजों में विश्वास करते हैं, उसके समर्थन में कठोर परिश्रम करते हैं। वे स्पष्ट मतभेदों को उन लोगों के साथ तालमेल बैठाने में बाधक नहीं होने देते हैं, जब उन्हें लगता है कि वे परस्पर रुचि के मुद्दे ढूँढ़ सकते हैं। क्या आपको यह जानकर आश्चर्य है कि उन्होंने खेरेंड जैसे जैक्सन के ऑपरेशन 'पुश' का समर्थन किया था? ऐसा नहीं होना चाहिए। स्टोन जैक्सन द्वारा अफ्रीकन–अमेरिकियों को कठिन परिश्रम करने और श्रेष्ठता के लिए संघर्ष करने के लिए प्रेरित करने के लिए प्रशंसा करते हैं और अपने निजी संस्थान को ऑपरेशन पुश के संगठनात्मक प्रबंधन और अपना धन इकट्ठा करने के कौशल उपलब्ध कराने का निर्देश दिया।

स्टोन स्वयं भी एक दृढ़ विश्वास के व्यक्ति हैं। वह काफी लंबे समय से रिपब्लिकन पार्टी में सक्रिय रहे हैं। यद्यपि वह जिन चीजों में विश्वास करते हैं, उसके समर्थन में कठोर परिश्रम करते हैं।

सहनशीलता बिल्कुल इसी प्रकार के संबंध को बनाती है। स्वयं को एक रूढ़िवादी श्वेत रिपब्लिकन और जैक्सन को एक उदारवादी अश्वेत डेमोक्रेट समझने के बजाय स्टोन ने पाया कि वे दोनों ही दूसरों को आत्म–सुधार के लिए प्रेरित करनेवाले व्यक्ति हों ये दोनों नेता हो सकता है कि जितने मुद्दों पर सहमत होते हों, उससे ज्यादा असहमत होते हों; लेकिन फिर भी, बहुत लोग अच्छे होते हैं क्योंकि वे मतभेदों की अनदेखी करके साथ मिलकर काम करते हैं।

यदि आप किसी व्यक्ति के साथ किसी मतभेद को लेकर स्वयं को लड़खड़ाता महसूस करते हैं तो ऊपर दिए गए स्टोन के उदाहरण को लीजिए कि वे किस प्रकार दूसरों के विरुद्ध मतभेदों से निपटते हैं।

अपने आपसे उस व्यक्ति के बारे में ऐसी पाँच चीजों की सूची बनाने के लिए कहिए, जिनसे आपके विचार नहीं मिलते हैं। फिर स्वयं से यह पूछिए कि क्या वे पाँच चीजें पर्याप्त नहीं हैं, जिनके आधार पर परस्पर फायदे के लिए साथ मिलकर काम करने के तरीके ढूँढ़े जाएँ। सहनशीलता को अपनी पी.एम.ए. आदतों का हिस्सा बनाने के लिए इसी की जरूरत होती है।

सातवाँ सूत्र : अपने आपको सकारात्मक सुझाव दीजिए।

यदि आप अपना परिचय डब्ल्यू. क्लीमेंट स्टोन के साथ कराते और उनसे हाथ मिलाते हुए कहते, ''आप कैसे हैं?'' तो मुझे बहुत तरह मालूम है कि इसपर उनकी प्रतिक्रिया कैसी होती।

''मैं स्वस्थ महसूस करता हूँ! मैं खुश महसूस करता हूँ! मैं उत्तम महसूस करता हूँ!'' और शब्द पूरी ऊर्जा व उत्साह से भरे होते, जैसा कि बड़े अक्षरों में दिए गए इन शब्दों का आशय है।

''मैं स्वस्थ महसूस करता हूँ! मैं खुश महसूस करता हूँ! मैं उत्तम महसूस करता हूँ!'' और शब्द पूरी ऊर्जा व उत्साह से भरे होते, जैसा कि बड़े अक्षरों में दिए गए इन शब्दों का आशय है।

स्टोन अपने आपको लगातार सकारात्मक सुझाव देते रहते हैं। पी.एम.ए. के साथ जिए गए एक लंबे जीवनकाल के बाद वह अब भी इसे प्रतिदिन और हर रात हर अवसर पर लागू करते हैं। सोने से पहले स्टोन कहते हैं, ''मैं झुककर प्रार्थना करता हूँ कि मुझे गहरी व पूरी नींद आए और सुबह मैं पूरी ऊर्जा, उत्साह तथा बल के साथ जागूँ और यदि मैं सपने देखूँ तो एक सुंदर सपना हो और यह मुझे लक्ष्य की ओर ले जाने में सहायक सपना हो।''

नेपोलियन हिल को दोहराते हुए स्टोन हमें याद दिलाते हैं,

''मस्तिष्क जिस चीज की कल्पना कर सकता है और जिस पर विश्वास कर सकता है, उसे पी.एम.ए. से युक्त मस्तिष्क हासिल भी कर सकता है। हम अपने मस्तिष्क में आनेवाले विचारों और मनोभावों को भौतिक सच में बदलते हैं। हम जैसे ही सफलता और समृद्धि के विचार ग्रहण करते हैं, वैसे ही जल्दी हम गरीबी और असफलता के विचार को बदल देते हैं। जब हमारा मनोभाव अपने लिए बड़ा और दूसरों के प्रति उदार और दयालु होता है तो हम अपनी ओर सफलता के बड़े भाग को आकर्षित करते हैं।''

यह एक अन्य बिंदु है, जहाँ आत्म-प्रेरकों को शक्तिशाली भूमिका निभानी होती है। जरूरत पड़ने पर वे आपके मन में कौंध सकते हैं। उदाहरण के लिए, जब आप भय को दूर करना या निष्प्रभावित करना चाहते हैं और अधिक साहस के साथ समस्याओं का सामना करना चाहते हैं, हानि को लाभ में बदलने की कामना करते हैं, उच्चतर उपलब्धियों के लिए प्रयासरत होते हैं, गंभीर समस्याओं के समाधान और अपनी भावनाओं पर नियंत्रण करने की कामना करते हैं।

यह एक अन्य बिंदु है, जहाँ आत्म-प्रेरकों को शक्तिशाली भूमिका निभानी होती है। जरूरत पड़ने पर वे आपके मन में कौंध सकते हैं। उदाहरण के लिए, जब आप भय को दूर करना या निष्प्रभावित करना चाहते हैं और अधिक साहस के साथ समस्याओं का सामना करना चाहते हैं...

स्टोन प्रायः इन आत्म-प्रेरकों को जोर-जोर से दोहराते थे, ताकि उनकी शक्ति में वृद्धि हो और वे यह सुनिश्चित करते थे कि दूसरे लोग भी उन्हें सुन सकें, क्योंकि वह उनके प्रभाव को चारों ओर फैलाना चाहते थे। ओग मैनडीनो, जिन्होंने बेस्ट सेलर किताब 'द ग्रेटेस्ट सेल्समैन इन द वर्ल्ड' लिखी। कभी 'सक्सेस अनलिमिटेड' के संपादक भी थे, जिसे

स्टोन और नेपोलियन हिल ने साथ मिलकर शुरू किया था। वह एक उत्साही और प्रेरित करनेवाले लेखक थे; लेकिन उत्पादन के मामले में उनकी अनुभवहीनता से शुरू में थोड़ी परेशानी हुई। एक अवसर पर बहुत बड़ी गलती के बाद मैनडीनो को यह अहसास हुआ कि गलती उनकी ही थी और वह स्टोन के पास गए और उन्हें बताया कि क्या हुआ था।

जब निराशा की स्थिति में आप अपने आपको कोई सकारात्मक सुझाव देते हैं तो आप आत्म-प्रेरकों की शक्ति के अनुभव की दिशा में पहला कदम बढ़ाते हैं, हर मुसीबत में उन लोगों के बराबर और बड़े फायदे के बीज होते हैं, जो पी.एम.ए. से युक्त हैं।

"ओग, यह तो शानदार है।" स्टोन ने जवाब दिया। स्टोन को इस बात की ज्यादा चिंता थी कि मैनडीनो को मालूम है कि उसने एक बड़ी सीख हासिल की है, इसकी तुलना में जो उस गलती के कारण धन का नुकसान हुआ है। उन्हें इस बात का पूरा विश्वास था कि मैनडीनो इस तरह की गलती अब कभी नहीं करेगा और यह महसूस करके कि उसे अब भी सीखने की जरूरत है, वह अन्य गलतियों से बचने के लिए भी बेहतर ढंग से तैयार रहेगा।

जब निराशा की स्थिति में आप अपने आपको कोई सकारात्मक सुझाव देते हैं तो आप आत्म-प्रेरकों की शक्ति के अनुभव की दिशा में पहला कदम बढ़ाते हैं, हर मुसीबत में उन लोगों के बराबर और बड़े फायदे के बीज होते हैं, जो पी.एम.ए. से युक्त हैं। मैं इतना भाग्यशाली हूँ, क्योंकि मेरे सामने अनेक समस्याएँ हैं, जिन्हें अन्य लोग कहते हैं कि समाधान नहीं किया जा सकता है। लेकिन पी.एम.ए. द्वारा और अपने मस्तिष्क को अपने लक्ष्य पर केंद्रित करके मैंने उन समस्याओं को लाभ में परिवर्तित कर दिया। इसलिए मैं भाग्यशाली हूँ।

स्टोन एक बार ब्रोनक्स में परेशान युवकों के केंद्र में गए। वहाँ उनकी बातचीत लड़कियों के एक ऐसे समूह से हुई, जिन्होंने छह माह का नौकरी का प्रशिक्षण कार्यक्रम बस, पूरा ही किया था। लड़कियाँ उत्साहित भी थीं और घबराई थीं। उनमें से किसी ने भी इससे पहले न कभी कोई नौकरी की थी और न ही कभी कोई किसी साक्षात्कार के लिए गई थी।

> ***"यह बहुत ही सकारात्मक अनुभव हो सकता है, क्योंकि आपको नौकरी की प्राप्ति के लिए साक्षात्कार की पूरी प्रक्रिया से गुजरने का अनुभव होता है।"***

स्टोन ने अखबार बेचने से अपने जीवन की शुरुआत करने की कहानी सुनाई और बताया कि किस तरह से पी.एम.ए. के कारण वह जीवन में सफल हुए। उन्होंने कहा कि यदि लड़कियाँ पी.एम.ए. सीख जाती हैं और उसका प्रयोग करती हैं तो उन्हें वह नौकरी मिल जाएगी, जो वह करना चाहती हैं। "यदि आपको वह पहली नौकरी नहीं भी मिलती है, जिसके लिए आप जाते हैं तो भी सकारात्मक मानसिक भाव उस निराशा को सकारात्मक अनुभव में बदलने में आपको समर्थ करेगा।" उन्होंने बताया।

"नौकरी का न मिलना किस तरह से एक सकारात्मक अनुभव हो सकता है?" उनमें से एक लड़की जानना चाहती थी।

"यह बहुत ही सकारात्मक अनुभव हो सकता है, क्योंकि आपको नौकरी की प्राप्ति के लिए साक्षात्कार की पूरी प्रक्रिया से गुजरने का अनुभव होता है।" स्टोन ने जवाब दिया, "अगली बार आपको यह मालूम ही रहेगा कि क्या अपेक्षा करना है। आपके भीतर घबराहट कम होगी। यदि आपसे गलती भी होती है तो भी उनसे आप सीख सकती हैं और अगली बार या उसके भी अगली बार आप अपना श्रेष्ठ प्रदर्शन करेंगी और आपका श्रेष्ठ ही पर्याप्त होगा। आपको मालूम होगा कि यदि

एक नियोक्ता आपको नौकरी नहीं देता है तो कोई दूसरा जरूर देगा।''

जब स्टोन उस कमरे से बाहर निकले तो उन्हें लड़कियों की उत्साह से भरी आवाज सुनाई पड़ी,''मैं यह कह सकती हूँ।''

''इसे अभी करो!'' और ''मैं स्वस्थ हूँ? मैं खुश हूँ! मैं शानदार हूँ!''

और शीघ्र ही, यद्यपि कि हमेशा पहले ही साक्षात्कार में नहीं, उन सभी को नौकरी मिल गई।

अपने आपको सकारात्मक सुझाव देने में कुछ गलत या निराशाजनक नहीं है और यदि आप यह नहीं करते हैं तो फिर कौन करेगा?

आठवाँ सूत्र : प्रार्थना की अपनी शक्ति का प्रयोग कीजिए।

> ***आपने शायद यह ध्यान दिया होगा कि ऊपर बताई गई अनेक कहानियों में प्रार्थना का प्रयोग भी दिखाई देता है। प्रार्थना पी.एम.ए. की अत्यंत केंद्रित अभिव्यक्ति है, एक ऐसी अभिव्यक्ति मैकिंटोश जिसके अनेक फायदे हैं।***

आपने शायद यह ध्यान दिया होगा कि ऊपर बताई गई अनेक कहानियों में प्रार्थना का प्रयोग भी दिखाई देता है। प्रार्थना पी.एम.ए. की अत्यंत केंद्रित अभिव्यक्ति है, एक ऐसी अभिव्यक्ति मैकिंटोश जिसके अनेक फायदे हैं।

स्टोन प्राय: सर जेम्स मैकिंटोश के कथन की प्रशंसा करते हैं, जिसमें अपनी प्रार्थना में एक महत्त्वपूर्ण भाव लाने के लिए बताया गया है, ''आपके पास जो कुछ भी है, उससे संतुष्ट होना ठीक है; लेकिन अपने आपसे संतुष्ट होना कभी नहीं।''

आपके पास जो कुछ भी है, उससे संतुष्ट होने का आशय यह नहीं है कि बेहतर चीजों के लिए संघर्ष करना छोड़ दें; लेकिन इसका यह अभिप्राय तो है ही कि आप अपने जीवन में ही एक अच्छी चीज

को पहचानते हैं और उसके लिए आप में कृतज्ञता की भावना है। जागरूक रूप से इन अच्छी चीजों को स्वीकार करने का अर्थ यह है कि आप किसी भी चीज को बहुत कम महत्त्व नहीं देंगे। यदि आप नियमित रूप से अपने जीवन साथी को अपने संबंधों के लिए अपने अच्छे स्वास्थ्य के लिए या अपने मजबूत दोस्तों के लिए धन्यवाद देते हैं तो आप अपने आपको उनकी अनदेखी और अपेक्षा करने से बचाते हैं।

यही कारण है कि स्टोन कभी भी सच्ची प्रार्थना के बिना किसी व्यावसायिक बैठक की शुरुआत नहीं करते, भाषण नहीं देते या कोई महत्त्वपूर्ण फैसला नहीं करते। प्रार्थना द्वारा वह उन चीजों से जुड़ जाते हैं, जिसका उनके जीवन में सबसे ज्यादा महत्त्व है। पैसे बनाना नहीं, बल्कि मानवीय गुणों और लोगों का उनके लिए बहुत महत्त्व है। प्रार्थना द्वारा ही उन सकारात्मक सिद्धांतों द्वारा उन्हें व्यवसाय का संचालन करने और व्यक्तिगत जीवन चलाने में मदद मिली, जिन्हें वह बहुत प्रिय रखते हैं, ताकि जब भी कोई निर्णय लिया जाए तो वह हमेशा उन वस्तुओं के अनुरूप हो, जो स्टोन जानते हैं कि उनके लिए महत्त्वपूर्ण है।

यही कारण है कि स्टोन कभी भी सच्ची प्रार्थना के बिना किसी व्यावसायिक बैठक की शुरुआत नहीं करते, भाषण नहीं देते या कोई महत्त्वपूर्ण फैसला नहीं करते। प्रार्थना द्वारा वह उन चीजों से जुड़ जाते हैं, जिसका उनके जीवन में सबसे ज्यादा महत्त्व है।

प्रकटत: अधिकांश कठिन निर्णय, जिनका हम सामना करते हैं, में उन दो चीजों के बीच चुनाव करना होता है, जो हमारे लिए महत्त्वपूर्ण हैं। उदाहरण के लिए, व्यावसायिक अवसर और तत्काल वित्तीय सुरक्षा। यदि आप पूरी ईमानदारी से प्रार्थना करते हैं और अपने सिद्धांतों व स्थितियों को स्वीकार करते हैं तो आपको पता चलेगा कि आप ऐसा कोई

कदम उठाने के लिए तत्पर हैं या कोई खतरा उठाने से पहले आपको कुछ काम करना है। जैसा कि स्टोन ने कहा है, ''एक सकारात्मक मानसिक भाव किसी दी गई स्थिति या किसी निश्चित परिस्थिति के प्रति सही, ईमानदार सोच, कार्य और प्रतिक्रिया है।'' कभी-कभी इसका अर्थ यह होता है कि कोई भी कदम उठाने के लिए तब तक प्रतीक्षा करना, जब तक कि आप उसके लिए तैयार नहीं हैं।

प्रार्थना जीवन के उन क्षेत्रों की पहचान करने और उनपर काम शुरू करने का एक अद्‌भुत रूप से प्रभावशाली माध्यम है, जिनमें आप बदलाव करना चाहते हैं। मैकिंटोश के इन शब्दों को याद रखिए, ''आपके पास जो कुछ भी है, उससे संतुष्ट रहना तो ठीक है, लेकिन अपने आपसे कभी भी नहीं।''

प्रार्थना जीवन के उन क्षेत्रों की पहचान करने और उनपर काम शुरू करने का एक अद्‌भुत रूप से प्रभावशाली माध्यम है, जिनमें आप बदलाव करना चाहते हैं। मैकिंटोश के इन शब्दों को याद रखिए, ''आपके पास जो कुछ भी है, उससे संतुष्ट रहना तो ठीक है, लेकिन अपने आपसे कभी भी नहीं।''

स्टोन कहते हैं, ''हमें मालूम है कि इस जीवन में हम कभी भी पूर्णता प्राप्त नहीं कर पाएँगे; लेकिन हम यह भी जानते हैं कि इसके लिए संघर्ष मात्र द्वारा हम पूर्णता के निकट जरूर पहुँच जाते हैं। केवल वे लोग, जो पी.एम.ए. के साथ प्रेरणादायक रूप से असंतुष्ट हो जाते हैं—अपने संसार के साथ ही हमारे संसार को भी बदल सकते हैं और अपने साथ-साथ दूसरों के लिए भी एक बेहतर जगह बना सकते हैं।''

एक अन्य अवसर पर एक बार स्टोन की टिप्पणी थी, ''बहुत सारे लोग धन्यवाद देने के लिए प्रार्थना करते हैं और यह अच्छा है; लेकिन कई वर्ष पहले मैंने यह फैसला किया कि यह पर्याप्त नहीं है।

यदि आप सचमुच में ईश्वर का धन्यवाद कर रहे हैं तो अपने समय, कौशल और संपत्ति के कुछ हिस्से की साझेदारी करके इसे प्रमाणित कीजिए। किसानों की तरह फसल के लिए कुछ बीज बोइए।''

दूसरे शब्दों में, अपनी प्रार्थना के अनुरूप काम करना महत्त्वपूर्ण है; क्योंकि यह प्रार्थना करना है। यदि आप साहस के लिए प्रार्थना करते हैं तो आपको ऐसा आचरण करना चाहिए मानो आपकी प्रार्थना पूरी हो गई है। यदि आप किसी अवसर के लिए प्रार्थना करते हैं तो जब अवसर सामने आए तो उसे आगे बढ़कर पकड़ लीजिए और उतना ही महत्त्वपूर्ण यह है कि आप उन उपकारों के लिए, जो आपने दूसरों के साथ उनकी साझेदारी करके हासिल किए हैं, के लिए अपनी कृतज्ञता भी दिखाना चाहिए। स्टोन ने हमेशा ही ऐसा किया है—दान और व्यक्तियों के प्रति अपनी उदारता दिखाकर और जितना ज्यादा लोगों के साथ संभव हो, पी.एम.ए. की साझेदारी करके। जब उनके एक मित्र ने उन्हें नेपोलियन हिल की 'थिंक एंड ग्रो रिच' की एक प्रति उधार दी तो वह पहले ही सकारात्मक मनोभाव की शक्ति के प्रति दृढ़ रूप से विश्वस्त थे। स्टोन हिल द्वारा पुस्तक में विचारों की प्रस्तुति से इतना प्रभावित हुए कि उन्होंने शीघ्र ही अपने सभी विक्रय प्रतिनिधियों के लिए पुस्तक की एक प्रति लाने का ऑर्डर दिया।

> ***अपनी प्रार्थना के अनुरूप काम करना महत्त्वपूर्ण है; क्योंकि यह प्रार्थना करना है। यदि आप साहस के लिए प्रार्थना करते हैं तो आपको ऐसा आचरण करना चाहिए मानो आपकी प्रार्थना पूरी हो गई है।***

''हमने जीत लिया।'' स्टोन याद करते हैं, ''मैं तो अद्‌भुत रूप से सफल हुआ हूँ। शानदार चीजें घटित होना शुरू हो गई हैं। मेरे कई विक्रय प्रतिनिधि अत्यंत सफल रहे हैं। बिक्री और लाभ में वृद्धि हुई है। उनके मनोभाव बदलकर नकारात्मक से सकारात्मक हो गए हैं।

लेकिन यह पंद्रह वर्ष बाद तक तब तक नहीं हुआ, जब तक स्टोन ने यह महसूस नहीं किया कि उन्हें सचमुच में पी.एम.ए. के फायदे की साझेदारी करनी चाहिए। उनके एक मित्र ने नेपोलियन हिल को सुनने के लिए उन्हें औपचारिक भोजन पर आमंत्रित किया। यद्यपि हिल ने प्राथमिक रूप से अवकाश ग्रहण कर लिया था, लेकिन फिर भी वह शिकागो आकर एक शक्तिशाली भाषण देने के लिए तैयार हो गए। भोजन के बाद हिल और स्टोन ने बातचीत शुरू की और स्टोन ने हिल से आग्रह किया कि वह अवकाश का त्याग कर पी.एम.ए. के बारे में लिखना और भाषण देना जारी रखें।

यह कहानी अपने जीवन में प्राप्त सुख-समृद्धि के प्रति आभार व्यक्त करने की तत्परता दिखाने और उसे अपनी दैनिक प्रार्थना में स्वीकार करने का श्रेष्ठ उदाहरण है।

"मैं यह एक शर्त पर करूँगा।" हिल ने जवाब दिया, आप मेरे महाप्रबंधक बनेंगे।"

इस तरह से उन दोनों ने एक ऐसी साझेदारी कायम की, जो अगले एक दशक तक कायम रही। इस दौरान दोनों ने फिल्मनिर्माण का कार्य किया, होम स्टडी कोर्स तैयार किए, कैदियों के लिए कार्यक्रम बनाए और मिलकर किताबें लिखीं। उन दोनों ने हजारों लोगों की पी.एम.ए. को लागू करने की शुरुआत में मदद की।

यह कहानी अपने जीवन में प्राप्त सुख-समृद्धि के प्रति आभार व्यक्त करने की तत्परता दिखाने और उसे अपनी दैनिक प्रार्थना में स्वीकार करने का श्रेष्ठ उदाहरण है। जैसा कि स्टोन कहते हैं, "मैं महसूस करता हूँ कि मेरी सुख-समृद्धि उससे कहीं अधिक ज्यादा है, जो कोई व्यक्ति इसका पात्र होता है या जिसकी किसी व्यक्ति ने अभी तक अपेक्षा की होगी। मैं जानता हूँ कि मैं धन्यवाद के लिए प्रार्थना कर सकता और जैसा कि मैं करता हूँ, लेकिन मैं यह भी महसूस

करता था कि मैं उन सुख-समृद्धियों की उन लोगों के साथ साझेदारी करके, जिन्हें वे प्राप्त नहीं हैं, इस धरती पर ईश्वर के काम को आगे बढ़ा सकता था।''

हममें से कई ऐसे लोग हैं, जो सुबह में, रात में या आभार में प्रार्थना द्वारा धन्यवाद करते हैं। क्या होगा, जब हममें से अधिकांश लोग मात्र प्रार्थना के बजाय काम करें हमारे पास जो कुछ भी है, उसकी साझेदारी करें। चाहे वह हमारा अनुभव, ज्ञान, आदर्श या संपत्ति का हिस्सा हो।

हममें से कई ऐसे लोग हैं, जो सुबह में, रात में या आभार में प्रार्थना द्वारा धन्यवाद करते हैं। क्या होगा, जब हममें से अधिकांश लोग मात्र प्रार्थना के बजाय काम करें हमारे पास जो कुछ भी है, उसकी साझेदारी करें। चाहे वह हमारा अनुभव, ज्ञान, आदर्श या संपत्ति का हिस्सा हो।

मैं जो चाहता हूँ, वह यह है कि इस संसार को बदल दूँ। बस, यही। क्या हो सकता है? क्या यह किया जा रहा है?

इस पूरी पुस्तक में आपने बार-बार इस विचार को पढ़ा होगा कि पी.एम.ए. मात्र एक भाव नहीं है, लेकिन वे कार्य भी हैं, जो हमारे भावों को लागू करते हैं। अपने लिए पी.एम.ए. को कारगर बनाने के लिए इससे ज्यादा और कोई महत्त्वपूर्ण कदम नहीं है कि अपने लक्ष्यों को निर्धारित कीजिए, जिसके लिए आप काम करेंगे, वरना यह तो ऐसा ही है मानो आपने एक शक्तिशाली इंजन तो बनाया, लेकिन उसे कार में लगाना ही भूल गए। आपके भीतर की संभावित क्षमता आपको कहीं भी नहीं पहुँचा पाएगी।

स्टोन बताते हैं, ''उद्देश्य की निश्चितता एक विशिष्ट लक्ष्य के चुनाव के साथ सकारात्मक मानसिक भाव किसी भी सफलता का

आरंभिक बिंदु है। आप चाहें या न चाहें, पर आपकी दुनिया बदलेगी ही; लेकिन उसकी दिशा का चुनाव करने की शक्ति तो आप में है ही। आप अपने लक्ष्य खुद ही निर्धारित कर सकते हैं।'' विक्रय प्रतिनिधियों के प्रशिक्षण के अपने लंबे जीवनकाल के आधार पर स्टोन कहते हैं, ''ऐसे सौ में से अट्ठानबे लोग, जो अपने जीवन से असंतुष्ट होते हैं, उनके मन में उस जीवन का कोई स्पष्ट चित्र ही नहीं होता है, जो वे अपने लिए चाहते हैं।''

इस बारे में सोचिए। उन लोगों के बारे में सोचिए, जो किसी स्पष्ट लक्ष्य के बिना ही पूरा जीवन असंतुष्ट रहते हैं और निरुद्देश्यपूर्ण ढंग से भटकते रहते हैं, अनेक चीजों के विरुद्ध संघर्ष करते रहते हैं। किसी लक्ष्य का निर्धारण करना हो सकता है कि आसान न हो। हो सकता है कि उसमें कुछ कष्टप्रद आत्म-निरीक्षण भी शामिल हो; लेकिन यह प्रयास किए जाने लायक है कि क्योंकि जैसे ही आप किसी लक्ष्य का निर्धारण करते हैं, आप इसके कई फायदों का आनंद लेने की अपेक्षा कर सकते हैं। ये फायदे लगभग अपने आप ही आते हैं।

''ऐसे सौ में से अट्ठानबे लोग, जो अपने जीवन से असंतुष्ट होते हैं, उनके मन में उस जीवन का कोई स्पष्ट चित्र ही नहीं होता है, जो वे अपने लिए चाहते हैं।''

जब आपको यह पता चलता है कि आप क्या चाहते हैं तो प्रायः यह धारणा होती है कि आप सही रास्ते पर चलने की कोशिश करते हैं और सही दिशा में आगे बढ़ते हैं। आप उसके लिए काम करते हैं। 'कार्य' एक महत्त्वपूर्ण शब्द है बिना कार्य के सूचनाएँ और विचार जब तक लागू न किए जाएँ, निष्क्रिय ही रहते हैं।

आप लक्ष्य को प्राप्त करने के लिए कीमत अदा करने के लिए प्रेरित होते हैं। उसके लिए आप अपना समय और धन निकालते हैं।

आप उसके लिए नियमित रूप से प्रायः दैनिक रूप से अध्ययन करते हैं, सोचते हैं और योजनाएँ बनाते हैं—सिद्धांतों को पहचानना सीखते हुए, जो आपको अपने लक्ष्यों को प्राप्त करने में मदद करेगा और फिर आप उसे लागू करते हैं।

फिर जितना ज्यादा आप अपने लक्ष्यों के बारे में सोचते हैं, उतना ही आप उत्साहित होते हैं और उत्साह के साथ आपकी इच्छा एक ज्वलंत इच्छा बन जाती है। अपने दैनिक जीवन के अनुभवों में आनेवाले अवसरों के प्रति आप सजग रहते हैं, क्योंकि आपको मालूम है कि आप क्या चाहते हैं, उन अवसरों को पहचानने की आप में अधिक संभावना आ जाती है।

अपने लंबे व सफल जीवनकाल में स्टोन ने लक्ष्य-निर्धारण का प्रयोग किया है व लेकिन उनके लिए यह शायद कभी भी उतना महत्त्वपूर्ण नहीं रहा, जितना कि जब न केवल उनके व्यवसाय के सामने असफलता का खतरा मँडराने लगा, बल्कि पूरी अमेरिकी अर्थव्यवस्था के सामने भी।

जब महान् आर्थिक मंदी थी तो स्टोन की इंश्योरेंस कंपनी बढ़ रही थी; लेकिन कुछ वर्षों की भीषण बेरोजगारी के बाद पॉलिसियों की बिक्री बहुत तेजी से गिरी। उनके कई विक्रय प्रतिनिधियों ने बस इसलिए नौकरी छोड़ दी, क्योंकि उन्हें लगा कि वे पर्याप्त धन नहीं कमा सकते।

निर्धारित स्टोन ने अपने लिए चार लक्ष्य करके इस पर प्रतिक्रिया दी—

1. व्यक्तिगत बिक्री के द्वारा जितना धन कमाना संभव है, कमाओ।
2. लगातार नए विक्रय प्रतिनिधियों की नियुक्ति करो।
3. नए विक्रयों प्रतिनिधि और जो पहले से हैं, उन्हें इस तरह

प्रशिक्षित करो कि वे स्टोन जैसा या उनसे अच्छा प्रदर्शन करें।

4. बिक्री उत्पाद रिकॉर्ड प्रणाली का विकास करो, ताकि उन्हें यह पता चले कि उनकी कंपनी पूरे देश में कहाँ-कहाँ कैसा व्यवसाय कर रही है।

ये महत्त्वाकांक्षी लक्ष्य थे, विशेषकर ऐसे समय में, जब अनेक व्यापार फेल हो रहे थे और लोगों को यह आश्चर्य होता था कि क्या अमेरिका में कभी उस तरह की वापसी आएगी, जो कुछ वर्षों पहले वहाँ थी।

स्टोन ने बिक्री रिकॉर्ड बनाने के लिए रैंड मैक्नेलि को नियुक्त किया, लेकिन अन्य तीन लक्ष्यों की निर्भरता उनके ऊपर ही थी। इसलिए अपनी गाड़ी में वह देश के भ्रमण पर निकले, अपने विक्रय प्रतिनिधियों के साथ गए और उनके साथ बिक्री के बुलावे पर भी गए और उन्हें अपनी बिक्री के तरीके दिखाए। जब वह भ्रमण करते तो नए क्षेत्रों के लिए विक्रय प्रतिनिधियों की नियुक्ति करते और उनमें से प्रत्येक के साथ एक दिन बिताते और उस दिन का कमीशन नए प्रतिनिधि को देते, ताकि उनका पी.एम.ए. बढ़े और उनमें उत्साह का संचार हो।

स्टोन का व्यापार बेहतर स्थिति में टिका रहा और फिर से बढ़ने लगा। वे और उनके विक्रय प्रतिनिधि अनेक लोगों की तुलना में उस मंदी के दौरान कहीं अधिक आय कमा रहे थे। यदि वह शिकागो में ही रुके रहते तो उनके क्रेडिटरों और उनके विक्रय प्रतिनिधियों के लिए चिंताएँ कभी नहीं हो पातीं।

आप पाएँगे कि आप अपने लिए छोटी अवधि और लंबी अवधि के लक्ष्य बना रहे हैं। दोनों की कुंजी आत्म-विश्वास भरे कार्यों में है, जो उन्हें वास्तविकता में बदल देगा। अपने को सस्ते में मत बेचिए।

दसवाँ सूत्र : प्रतिदिन अध्ययन कीजिए, सोचिए और योजना बनाइए।

डब्ल्यू क्लीमेंट स्टोन स्नान करते हैं, झरने के नीचे स्नान नहीं करते हैं। झरने में तेजी जरूर होती है और समृद्ध लोग व्यस्त लोग होते हैं, लेकिन हर दिन सुबह में स्टोन अपने संगमरमर के बाथ टब को भाप भरे गरम पानी से भरते और तनाव दूर करने के लिए व्यायाम करते। ''मेरे सोचने के समय का यह अच्छा हिस्सा है।'' वह कहते।

पी.एम.ए. द्वारा उत्तेजित और अपना लक्ष्य प्राप्त करने की ज्वलंत इच्छा के कारण हो सकता है कि आप यह सोचने की गलती करें कि आपको हमेशा बस काम, काम और काम ही करते रहना चाहिए। सफलता की तलाश में अपने काम पर अपना ध्यान केंद्रित करना न्यायसंगत है; लेकिन यह भी जरूरी है कि अधिक मननात्मक प्रयासों के लिए भी समय निकाला जाए।

> ***पढ़ने और अध्ययन करने से पैदा होनेवाली नए विचारों की प्रेरणा आपके पी.एम.ए. के विकास के लिए महत्त्वपूर्ण होगी। आप नए विचारों के लिए उत्प्रेरित होंगे और जो भूल गए हैं, उसकी याद आएगी।***

''एक बूँद स्याही हजारों शायद लाखों—लोगों को सोचने पर मजबूर करती है।'' अपनी कविता 'डॉन जुआन' में लॉर्ड वायरन लिखते हैं। ''पढ़ने और अध्ययन करने से पैदा होनेवाली नए विचारों की प्रेरणा आपके पी.एम.ए. के विकास के लिए महत्त्वपूर्ण होगी। आप नए विचारों के लिए उत्प्रेरित होंगे और जो भूल गए हैं, उसकी याद आएगी।''

वर्षों से स्टोन हमेशा से ही दूसरों को वे पुस्तकें पढ़ने के लिए अनुमोदन करते हैं, जो उन्होंने अभी-अभी पढ़ी हैं, जिनमें न केवल 'थिंक एडं ग्रो रिच' जैसी प्रेरक पुस्तकें शामिल हैं, बल्कि उनमें इतिहास, सामाजिक विश्लेषण और उपन्यास भी शामिल हैं। यह एक

सक्रिय मस्तिष्क प्रमाण है, जो हमेशा ही नए विचारों को ग्रहण करने और उन्हें लागू करने का प्रयास करता रहता है। इससे उनका मस्तिष्क लचीला और तीक्ष्ण बना रहता है।

आइए, हम आपको एक उदाहरण द्वारा यह बताते हैं कि किस तरह यह आपको फायदा देता है। जब युवा था तो स्टोन के ऑफिस में एक लिपिक के रूप में काम करता था। तभी मैंने उनके सामने एक नया विचार प्रस्तुत करने का निश्चय किया। शौक के तौर पर मैंने फिल्मों में और रिकॉर्डिंग में बहुत काम किया था और मेरा विश्वास है कि स्टोन के उत्साही वार्त्तालाप से वे फिल्म और ऑडियो इस क्षेत्र के विक्रय प्रतिनिधियों के लिए एक श्रेष्ठ उपकरण साबित होंगे।

अपने कुछ सहकर्मियों भर इस मखौल के बावजूद कि कंपनी के अध्यक्ष का लिखकर मैं अपनी नौकरी को खतरे में डाल रहा था, मैंने स्टोन को एक मेमो भेजा, जिसमें अपने विचार के फायदों को रेखांकित किया।

अपने कुछ सहकर्मियों भर इस मखौल के बावजूद कि कंपनी के अध्यक्ष का लिखकर मैं अपनी नौकरी को खतरे में डाल रहा था, मैंने स्टोन को एक मेमो भेजा, जिसमें अपने विचार के फायदों को रेखांकित किया। उस मेमो के मिलने के घंटे भर बाद ही मुझे उनके कार्यालय में हाजिर होने का बुलावा आया, "आपके बारे में जानकर अच्छा लगा।" रिट, उनमें से एक लिपिक ने कहा, "बेकारी की पंक्ति का आनंद लीजिए।"

लेकिन जैसे ही उनके सचिव ने कहा, मैं उनके ऑफिस के बाहर ही था, स्टोन अचानक दरवाजे पर प्रकट हुए, झपटकर मेरा हाथ पकड़ा और कहा, "महान् विचार! मुझे और बताओ" और उस दोपहर हम लोग उपकरण खरीद रहे थे, ताकि एक नए विभाग की स्थापना कर पाएँ। हमने जिन तरीकों का प्रयोग किया था, आज वे आम हो गए हैं;

लेकिन उस समय वे क्रांतिकारी थे और स्टोन ने उन्हें पूरे उत्साह के साथ अपनाया, क्योंकि मैं समझता हूँ कि उन्होंने अपने मस्तिष्क को लचीला और सकारात्मक बना लिया था।

वर्ष 1979 में सत्तर वर्षीय डब्ल्यू. क्लीमेंट स्टोन ने 'शिकागो' मैगजीन के लिए दिए गए एक साक्षात्कार में कहा, ''मैं सत्तासी वर्ष से अधिक जीवित रहूँगा, यह निश्चित है। आप पी.एम.ए. की सहायता से अपना जीवनकाल बढ़ा सकते हैं।'' हो सकता है कि तब यह एक अहंकारपूर्ण कथन लगा होगा, लेकिन अब—लगभग बीस वर्ष बाद—यह एक विनम्र उक्ति लगती है।

मैं ऐसे किसी भी व्यक्ति को नहीं जानता हूँ और न ही किसी ऐसे व्यक्ति के साथ काम किया, जिसने डब्ल्यू. क्लीमेंट स्टोन से अधिक पी.एम.ए. को अपने जीवन में उतारा होगा। उन्होंने मुझे और हजारों-हजार लोगों को अपना जीवन सुधारने के लिए प्रेरित किया है।

मैं ऐसे किसी भी व्यक्ति को नहीं जानता हूँ और न ही किसी ऐसे व्यक्ति के साथ काम किया, जिसने डब्ल्यू. क्लीमेंट स्टोन से अधिक पी.एम.ए. को अपने जीवन में उतारा होगा। उन्होंने मुझे और हजारों-हजार लोगों को अपना जीवन सुधारने के लिए प्रेरित किया है। वे एक महान् व्यक्ति हैं, जिन्होंने दूसरों की सहायता के लिए अपना जीवन समर्पित कर दिया और परिणामतः मिलनेवाली सफलता से आनंदित हुए।

मैंने उनके जीवन की ये झलकियाँ आपको श्रद्धांजलि के रूप में नहीं, बल्कि यह दिखाने के लिए दिखाईं कि व्यावहारिक माध्यम के रूप में आप जो कुछ भी करते हैं, उनमें पी.एम.ए. को किस तरह लागू किया जा सकता है और व्यापक रूप से यह किस प्रकार आपकी सहायता करेगा, चाहे आप अखबार बेच रहे हों, बच्चों को

नैतिक शिक्षा दे रहे हों या अपनी कंपनी चला रहे हों।

आप पी.एम.ए. से युक्त कहाँ जाते हैं, यह पूर्णतः आप पर निर्भर करता है; लेकिन आप अपने लिए लक्ष्य निर्धारित कर सकते हैं और अपने जीवन की केवल एक चीज बदलकर आप इसे हासिल कर सकते हैं—अपने सामने आनेवाले हर व्यक्ति और हर चीज के प्रति अपना भाव बेहतर बनाकर।

यहाँ से आप किधर जाएँगे?

बधाई हो! आपने यह कर लिया है! जैसा कि आपने पी.एम.ए. के बारे में यह पुस्तक पढ़ी, आपकी मानसिक शक्ति ने पहले ही आपके लिए काम करना शुरू कर दिया है। यदि आप अपने सकारात्मक मानसिक भाव के बारे में सोचते रहे हैं और यह आपके लिए क्या कर सकता है और दूसरे लोग भी इस अंतर को महसूस करेंगे। आप लोगों के तरीके में नया सम्मान महसूस करेंगे; क्योंकि जब उन्हें पता चलता है कि आप ही वह व्यक्ति हैं, अपने जीवन के प्रभारी हैं, जिनका आपकी भावनाओं और भावों पर नियंत्रण है।

इन दस सूत्रों को पढ़ते समय एक बात आपके दिमाग में आई होगी और वह यह कि वे कितना परस्पर एक-दूसरे से जुड़ी हुए हैं। हर सूत्र एक-दूसरे से गहराई से जुड़ा हुआ है और वे जीवन के एक ऐसे पहलू का निर्माण करते हैं, जिसे पी.एम.ए. कहते हैं। आज से ही पी.एम.ए. का प्रयोग करना शुरू कीजिए—हर दिन, हर तरह से।

यहाँ से आप किधर जाएँगे? शक्ति और उद्देश्य से युक्त एक जीवन की ओर कि सकारात्मक मानसिक भाव से मिलनेवाली संतुष्टि और आनंद से भरे एक जीवन की ओर। अलविदा!

पी.एम.ए. के साथ जीवन को जिएँ—यह अद्भुत है!

□□□